Drei Brüder schlagen sich durch ihre Kindheit: Sie bewerfen sich gegenseitig mit Tomaten, bauen aus Müllsäcken Drachen, verstecken sich, wenn sich die Eltern anschreien, dreschen auf Paps und Ma ein, wenn diese lachen. Die Eltern, nur wenig älter als ihre Kinder, stammen aus Brooklyn – er ist Puerto Ricaner, sie eine Weiße –, und ihre Liebe ist eine ernsthafte, gefährliche Sache, die die Familie zusammenschweißt, sie aber auch immer wieder zerreißt. Laut ist es in diesem Haushalt und leidenschaftlich, die Jungs sind immer hungrig und wollen mehr: mehr Fleisch, mehr Krach, mehr Wärme, mehr Leben.

JUSTIN TORRES zählt zu den interessantesten jungen Stimmen der US-amerikanischen Gegenwartsliteratur. Er wurde 1980 geboren und wuchs in Upstate New York auf. Er war als Landarbeiter, Hundeausführer, Buchhändler und Lehrer für kreatives Schreiben tätig und ist gegenwärtig Wallace-Stegner-Stipendiat an der Unversität Stanford. »Wir Tiere« ist sein erster Roman, der viele begeisterte Kritiker und Leser gefunden hat, weltweit in über einem Dutzend Länder erscheint und mit dem Cabell First Novelist Award ausgezeichnet wurde.

Justin Torres

Wir Tiere

Roman

Aus dem Englischen
von Peter Torberg

btb

Die Originalausgabe erschien 2011 unter dem Titel
»We, the Animals« bei Houghton Mifflin Harcourt, Boston,
New York, USA.

MIX
Papier aus verantwortungsvollen Quellen
FSC® C083411

Verlagsgruppe Random House FSC® N001967
Das für dieses Buch verwendete FSC®-zertifizierte
Papier *Schleipen Werkdruck* liefert Cordier, Deutschland.

1. Auflage
Genehmigte Taschenbuchausgabe September 2015,
btb Verlag in der Verlagsgruppe Random House GmbH, München

Umschlaggestaltung: semper smile, München
Umschlagmotive: © Shutterstock / anna42f/Ozerina Anna
Druck und Einband: CPI books GmbH, Leck
LW · Herstellung: sc
Printed in Germany
ISBN 978-3-442-74955-3

www.btb-verlag.de
www.facebook.com/btbverlag
Besuchen Sie auch unseren LiteraturBlog www.transatlantik.de

Gewidmet meiner Mutter, meinen Brüdern
und meinem Vater

und Owen

»Der Knabe ist aber unter allen Geschöpfen das am schwierigsten zu behandelnde; denn je mehr er eine Quelle des Nachdenkens besitzt, die noch nicht die rechte Richtung erhielt, wird er hinterhältig und verschlagen und das übermütigste der Geschöpfe. Darum gilt es, durch mannigfache Zügel ihn zu bändigen.«

Platon, Nomoi 808 d–e

Wir wollten mehr

Wir wollten mehr. Wir pochten mit den Stielen unserer Gabeln auf den Tisch, schlugen mit den Löffeln gegen die leeren Schüsseln; wir waren hungrig. Wir wollten mehr Krach, mehr Spaß. Wir drehten die Lautstärke am Fernseher hoch, bis uns die Ohren vom Gebrüll wütender Männer wehtaten. Wir wollten mehr Musik im Radio; wir wollten Beats; wir wollten Rock. Wir wollten Muskeln an unseren dürren Armen. Wir hatten Vogelknochen, hohl und leicht, und wir wollten mehr Dichte, mehr Gewicht. Wir waren sechs schnappende Hände, sechs trampelnde Füße; wir waren Brüder, Jungs, drei kleine Könige im Kampf um mehr.

War es kalt, dann stritten wir uns um die Decken, bis der Stoff zerriss. War es richtig kalt, war unser Atem frostige Wolken, dann kam Manny zu Joel und mir ins Bett gekrochen.

»Körperwärme«, sagte er.

»Körperwärme«, pflichteten wir ihm bei.

Wir wollten mehr Fleisch, mehr Blut, mehr Wärme.

Kämpften wir, dann mit Stiefeln, Autowerkzeug, Kneifzangen – wir schnappten uns, was uns in die Quere kam, und warfen damit; wir wollten mehr kaputte Teller, mehr zerbrochenes Glas. Wir wollten, dass es krachte.

Und wenn unser Paps nach Hause kam, gab es Schläge. Unsere kleinen runden Arschbacken waren zerschunden: rot, roh, ledergepeitscht. Wir wussten, dass es auf der anderen Seite des Schmerzes, am anderen Ende des Stachels noch etwas gab. Dornige Hitze strahlte von unseren Oberschenkeln und Rücken auf, Feuer verzehrte unsere Hirne, aber wir wussten, dass da noch mehr war, ein Ort, zu dem uns unser Paps bringen wollte. Wir wussten es, weil er alles daransetzte, sich Zeit ließ. Er erweckte uns; er führte uns über das Brennen und Reißen hinaus, und dorthin gelangte man nicht auf die Schnelle.

Und wenn unser Vater fort war, wollten *wir* Väter sein. Wir jagten Tiere. Wir wateten durch den Schlamm des Flüsschens, jagten Ochsenfrösche und Wasserschlangen. Wir holten die frisch geschlüpften Rotkehlchen aus dem Nest. Wir spürten den Schlag der winzigen Herzen, die Anstrengung der winzigen

Flügel. Wir hielten uns ihre winzigen Tiergesichter direkt vor unsere.

»Wer ist dein Daddy?«, fragten wir, dann lachten wir und schleuderten sie in einen Schuhkarton.

Immer mehr, immer hungrig scharrten wir nach mehr. Aber es gab auch Zeiten, ruhige Augenblicke, wenn unsere Mutter schlief, nachdem sie zwei Tage lang nicht geschlafen hatte und jedes Geräusch, jede knarzende Treppenstufe, jedes Türklappern, jedes unterdrückte Lachen, jede Stimme sie vielleicht aufschreckte, kristallklare Vormittage, wenn wir sie, diesen verwirrten Vogel von einer Frau, beschützen wollten, diese stolpernde Schwärmerin mit ihren Rückenschmerzen, ihrem Kopfweh und ihrer ganzen müden, müden Art, dieses entwurzelte Geschöpf aus Brooklyn, sie, die Tacheles mit einem redete, immer voller Tränen, wenn sie uns sagte, sie würde uns lieben, ihre verworrene Liebe, ihre bedürftige Liebe, ihre Wärme, diese Vormittage, wenn die Sonne durch die Spalten in unseren Fensterläden fiel und sich in säuberlichen Streifen auf unseren Teppichboden legte, diese stillen Vormittage, wenn wir uns selbst Haferbrei machten und uns mit Wachsmalstiften und Papier bäuchlings auf den Boden legten, mit Glasmurmeln, bei denen wir sorgsam darauf achteten, dass sie nicht klapperten, wenn unsere Mutter schlief, wenn die Luft nicht nach Schweiß oder Atem oder Schimmel roch, wenn die Luft still und leicht war, diese Vormittage, wenn Stille unser heimliches Spiel war, unser Geschenk, unsere höchste Erfüllung – dann wollten wir weniger: weniger Gewicht, weniger Arbeit, weniger Krach, weniger Vater, weniger Muskeln und Haut und Haar. Wir wollten nichts, nur das, nur das.

Nimmerzeit

Wir drei saßen in Regenjacken am Küchentisch, Joel zerquetschte Tomaten mit einem kleinen Gummihammer. Das hatten wir im Fernsehen gesehen: ein Mann mit wirrem Schnurrbart und Hammer, der Gemüse schlachtete, und Menschen in durchsichtigen Regenponchos, denen der ganze Matsch entgegenschoss und die einen Riesenspaß daran hatten. Wir wollten auch so grinsen wie sie. Wir spürten, wie die Tomate aufplatzte und ihre Eingeweide herumspritzte; die Eingeweide tropften an den Wänden herunter, landeten auf Wangen und Stirnen und verklebten uns die Haare. Als wir keine Tomaten mehr hatten, gingen wir ins Bad und zogen Mutters Cremetuben unter dem Waschbecken hervor. Wir schlüpften aus unseren Regenjacken und setzten uns so hin, dass die weiße Creme, sobald der Hammer zugeschlagen und sie herausgepresst hatte, überall hinspritzte, bis in die Falten unserer geschlossenen Augen und in die Ohren.

Unsere Mutter kam in die Küche, wickelte ihren Morgenmantel eng um sich, rieb sich die Augen und sagte: »Mannomann, wie spät ist es?« Wir antworteten, es sei Viertel nach acht, »Scheiße«, sagte sie, rieb sich die geschlossenen Augen noch fester, und dann sagte sie lauter erneut »Scheiße«, nahm den Wasserkessel, donnerte ihn auf den Herd und schrie: »Warum seid ihr nicht in der Schule?«

Es war Viertel nach acht abends, und außerdem war Sonntag, aber keiner klärte sie auf. Sie arbeitete Nachtschicht in der Brauerei hügelaufwärts, nicht weit von unserem Haus, und manchmal kam sie ganz durcheinander. Sie wachte völlig verwirrt zu allen möglichen Zeiten auf, verwechselte die Tage, die Stunden, befahl uns mitten am Tag, Zähne zu putzen und Schlafanzüge anzuziehen und uns ins Bett zu legen; oder wir kamen morgens im Halbschlaf in die Küche, sie zog einen falschen Hasen aus dem Ofen und sagte: »Was ist nur los mit euch Jungs? Ich rufe schon seit Ewigkeiten zum Abendessen.«

Wir hatten gelernt, sie nicht zu korrigieren oder sie aus ihrer Verwirrung zu befreien; das machte alles nur schlimmer. Einmal, als wir es noch nicht besser wussten, hatte sich Joel geweigert, zu den Nachbarn zu gehen und um ein Stück Butter zu bitten. Es war kurz vor Mitternacht, und sie wollte einen Kuchen für Manny backen.

»Ma, du bist verrückt«, sagte Joel. »Es schlafen doch alle, und außerdem hat er nicht mal Geburtstag.«

Sie starrte eine ganze Weile auf die Uhr, schüttelte schnell den Kopf, dann sah sie Joel an; ihr Blick bohrte sich in seine Augen, so als wollte sie durch sie hindurchschauen, in die hinteren Areale seines Gehirns. Ihr Mascara war ganz verschmiert, ihre steifen, dicken Haare lagen in schwarzen Locken um ihr Gesicht und waren am Hinterkopf platt gelegen. Sie sah aus wie ein Waschbär, den man beim Wühlen im Müll ertappt: überrascht, gefährlich.

»Ich hasse mein Leben«, sagte sie.

Joel musste weinen, und Manny verpasste ihm eine ordentliche Kopfnuss.

»Toll, du Stück Scheiße«, zischte er. »Das war mein Geburtstag, verdammt.«

Danach spielten wir bei allem mit, was sie sich ausdachte: Wir lebten in einer Traumzeit. Manchmal stopfte uns Ma alle ins Auto und fuhr zum Einkaufen, in den Waschsalon, zur Bank. Wir standen hinter ihr und kicherten, wenn sie an den verschlossenen Türen zog oder an den schweren Sperrgittern rüttelte und fluchte.

Jetzt schnappte sie nach Luft, hatte endlich die Tomaten- und Cremebatzen entdeckt, die uns die Gesichter hinuntertropften. Sie rief uns zu sich, fuhr sanft mit dem Finger über jede einzelne unserer Wangen und zog eine Furche durch Schmiere und Matsch. Und wieder schnappte sie nach Luft.

»So habt ihr ausgesehen, als ihr bei mir rausgekommen seid«, flüsterte sie. »Genau so.«

Wir stöhnten, doch sie sprach einfach weiter, darüber, wie verklebt wir gewesen waren, als wir auf die Welt kamen, darüber, dass Manny mit einem ganzen Schopf Haaren geboren worden war, was sie schockiert hatte. Als Erstes hatte sie bei jedem von uns Finger und Zehen gezählt. »Ich wollte sicher sein, dass nichts in mir dringeblieben ist«, sagte sie, was bei uns einen Anfall von Würggeräuschen auslöste.

»Ich will auch.«

»Was?«, fragten wir.

»Geboren werden.«

»Wir haben keine Tomaten mehr«, sagte Manny.

»Nehmt Ketchup.«

Wir gaben ihr meine Regenjacke, die war noch am saubersten, und wir warnten sie, auf gar keinen Fall die Augen aufzumachen, erst, wenn wir es sagten. Sie ging auf die Knie und legte das Kinn auf den Tisch. Joel hob den Hammer über den Kopf, und Manny richtete den Hals der Ketchupflasche auf den Punkt zwischen ihren Augen.

»Auf drei«, sagten wir, und jeder nahm eine Zahl – ich war die Drei. Wir holten so tief Luft, wie wir nur konnten, sogen sie durch die Zähne ein. Wir hatten alle unsere Gesichter verzogen und die Hände zu Fäusten geballt. Wir sogen die Luft noch tiefer ein, bis sich unsere Brustkörbe weiteten. Das Zimmer fühlte sich an wie ein Ballon, wenn man pustet und pustet und er gleich platzen will.

»Drei!«

Dann zischte der Hammer durch die Luft. Mutter schrie auf, glitt zu Boden und blieb dort liegen, die Augen weit aufgerissen, Ketchup überall, so als hätte ihr jemand in den Hinterkopf geschossen.

»Es ist eine Mom!«, schrien wir. »Herzlichen Glückwunsch!« Wir rannten zu den Schränken und zogen die größten Töpfe und schwersten Schöpfkellen heraus, schepperten damit, so laut wir konnten, und riefen: »Alles Gute zum Geburtstag! … Frohes neues Jahr! … Es ist null Uhr! … Nimmerzeit! … Die schönste Zeit unseres Lebens!«

Erbe

Als wir nach der Schule nach Hause kamen, hatte Paps die Küche in Beschlag genommen, kochte, hörte Musik; es ging ihm gut. Er roch an dem Dampf, der aus dem Topf stieg, dann klatschte er in die Hände und rieb sie schnell aneinander. Er bekam feuchte Augen, die nur so vor irrer Lebensenergie funkelten. Er drehte die Stereoanlage lauter, es war ein Mambo, Tito Puente.

»Passt mal auf«, sagte er und drehte sich graziös auf einem Hausschuh, und sein Bademantel bauschte sich um ihn. Paps klopfte Stakkatoschritte auf das Linoleum zu uns herüber und zog uns auf die Tanzfläche, packte uns an den dürren Ärmchen und riss uns hinter sich her. Wir rollten mit den winzigen Fäusten vor uns herum und bewegten die Hüften zu den Trompetenstößen. Einen nach dem anderen nahm er bei den Händen und schob uns durch seine Beine hindurch, sodass wir auf der anderen Seite wieder auftauchten.

Dann wackelten wir durch die Küche, folgten ihm wie Gänseküken.

Auf dem Herd standen scharfe Sachen, Schweinekoteletts brieten im eigenen Fett, spanischer Reis schäumte auf und brachte den Deckel zum Klappern. Die Luft war schwer vor Dampf und Gewürzen und Lärm, und das eine kleine Fenster über der Spüle war beschlagen.

Paps machte die Musik noch lauter, so laut, dass niemand gehört hätte, wenn wir geschrien hätten, so laut, dass Paps ganz weit weg war, kaum zu erreichen, obwohl er direkt vor uns stand. Dann schnappte sich Paps eine Dose Bier aus dem Kühlschrank, und unsere Blicke folgten der Dose an die Lippen. Wir sahen die leeren Dosen, die sich auf der Küchentheke hinter ihm angesammelt hatten, dann sahen wir uns gegenseitig an. Manny rollte mit den Augen und tanzte weiter, also bildeten wir wieder eine Schlange und tanzten, nur dass jetzt Manny Papa-Gans war und wir ihm folgten.

»Jetzt tanzt so, als wenn ihr reich wärt«, rief Paps mit kräftiger Stimme über die Musik hinweg. Wir tanzten auf Zehenspitzen, reckten die Nasen in die Höhe und piksten mit unseren kleinen Fingern in die Luft über uns.

»Ihr seid nicht reich«, sagte Paps. »Jetzt tanzt, als wenn ihr arm wärt.«

Wir gingen tief in die Knie, ballten die Fäuste und streckten die Arme zu den Seiten aus; wir schüttelten unsere Schultern, warfen unsere Köpfe zurück, wild und ungebunden und frei.

»Ihr seid auch nicht arm. Jetzt tanzt, als wenn ihr weiß wärt.«

Wir bewegten uns wie Roboter, steif und kantig, lächelten nicht mal. Joel war am überzeugendsten; wir hatten ihn in seinem Zimmer üben sehen.

»Ihr seid nicht weiß«, rief Paps. »Jetzt tanzt, als wenn ihr Puerto Ricaner wärt.«

Es gab eine kurze Pause, wir sammelten uns. Dann tanzten wir Mambo, so gut wir konnten, versuchten uns flüssig zu bewegen, es ernst zu nehmen, den Beat in den Füßen und jenseits des Beats den Rhythmus zu spüren. Paps sah uns eine Weile zu, lehnte an der Theke und trank in großen Schlucken sein Bier.

»Ihr Dussel«, sagte er. »Ihr seid nicht weiß, und ihr seid keine Puerto Ricaner. Schaut mal zu, wie ein Reinrassiger tanzt, schaut zu, wie wir im Getto tanzen.« Jedes Wort war über die Musik hinweggebrüllt, deshalb konnten wir nicht erkennen, ob er verrückt geworden war oder sich nur lustig machte.

Er tanzte, und wir versuchten zu erkennen, was ihn von uns unterschied. Er schürzte die Lippen und legte eine Hand auf den Bauch. Der Ellbogen war angewinkelt, sein Rücken gerade, doch irgendwie steckte in jeder Bewegung Lockerheit und Freiheit und Selbstvertrauen. Wir versuchten, seine Füße zu beobachten, doch etwas an der Art, wie sie sich drehten und übereinander kreuzten, etwas an der Linie seines Körpers zog unseren Blick hinauf zu seinem Gesicht, seiner breiten Nase, den dunklen, halb geschlossenen Augen und den Lippen, die knurrten und lachten.

»Das ist euer Erbe«, sagte er, so als könnten wir aus diesem Tanz etwas über seine eigene Kindheit erfahren, etwas über den Geschmack und den Schneid der Mietshäuser in Spanish Harlem, der Sozialbauten in Red Hook, der Tanzsäle, der Stadtparks, über seinen eigenen Paps, wie er ihn geschlagen hatte, wie er ihm das Tanzen beigebracht hatte, so als könnten wir in seinen Bewegungen Spanisch hören, als wäre Puerto Rico ein Mann in Bademantel, der sich noch ein Bier aus dem Kühlschrank schnappt und es mit zurückgelegtem Kopf trinken will, während er immer absolut im Takt tanzt, steppt und schnippt.

Sieben

Am Morgen standen wir Seite an Seite in der Tür und sahen zu Ma hinein, die mit offenem Mund schlief, und wir hörten, wie die Luft sich mühte, an dem Speichel in ihrem Hals vorbeizuziehen. Vor drei Tagen war sie mit zwei rot geschwollenen Wangen nach Hause gekommen. Paps hatte sie ins Haus getragen und zu Bett gebracht, wo er ihr über die Haare strich und ins Ohr flüsterte. Er erzählte uns, der Zahnarzt habe sie verprügelt, nachdem sie narkotisiert worden war; so würde man die Zähne lockern, bevor sie rausgerissen werden, erklärte er. Seitdem war Ma die ganze Zeit im Bett geblieben – Plastikröhrchen mit Schmerzmitteln, Gläser mit Wasser, halb leere Becher mit Tee und blutige Taschentücher bedeckten den Boden rings um ihr Bett. Paps hatte uns verboten, das Schlafzimmer zu betreten, und drei Vormittage hatten wir uns daran gehalten und ihren Atem von der Tür aus kontrolliert, doch heute konnten wir nicht länger warten.

Wir traten auf Zehenspitzen an ihr Bett und fuhren mit den Fingern über ihre Prellungen. Ma murmelte unter unserer Berührung, wurde aber nicht wach.

Es war der Vormittag meines siebten Geburtstags, also Winter, aber das Licht glühte in den Vorhängen wie Frühling. Manny ging ans Fenster, zog die Vorhänge um sich und bedeckte sich so, dass nur noch sein Kopf zu sehen war. Eines Sonntags, weil wir Ma angebettelt hatten, gingen wir zum Gottesdienst, und dort hatten wir das Bild von Männern mit Kapuzen gesehen, die die Hände falteten und in den Himmel hinaufschauten.

»Mönche«, hatte Ma erklärt. »Sie studieren Gott.«

»Mönche«, flüsterte Manny jetzt, und wir verstanden. Joel legte die Decke um sich, die auf dem Boden gelandet war, ich schnappte mir den anderen Vorhang, und wir warteten wie Mönche, dabei beobachteten wir Ma, ihr schwarzes, zerzaustes Haar, ihre geschlossenen Augen, ihre geschwollenen Wangen. Wir beobachteten ihre zarte Gestalt unter dem Laken, ein Zucken, ein Treten, das stete Heben und Senken ihrer Brust.

Als sie schließlich aufwachte, sagte sie, wir seien schön.

»Meine wunderschönen kleinen Jungs« waren nach drei Tagen die ersten Worte aus ihrem zerschlagenen Mund, und das war zu viel; wir wandten uns von ihr ab. Ich drückte meine Hand gegen das Glas, ich brauchte die Kälte, so peinlich war mir das plötzlich. So war das manchmal mit Ma; ich musste gegen etwas Kaltes und Hartes drücken, sonst wurde mir schwindlig.

»Er hat Geburtstag«, sagte Manny.

»Herzlichen Glückwunsch«, sagte Ma, doch ihre Worte waren schmerzerfüllt.

»Er ist sieben«, sagte Manny.

Ma nickte langsam und schloss die Augen. »Er wird mich verlassen, jetzt, wo er sieben ist.«

»Was soll das denn heißen?«, wollte Joel wissen.

»Als ihr Jungs sieben geworden seid, habt ihr mich verlassen. Habt euch vor mir verschlossen. Das tun große Jungs nun mal, Siebenjährige.«

Ich legte beide Hände auf die Scheibe, bis sie kalt waren, und presste sie mir gegen die Wangen.

»Ich nicht.«

»Die beiden haben sich verändert«, fuhr Ma fort und drehte ihren Kopf zu mir um. »Sie haben sich aus meinen Armen gewunden, wenn ich sie knuddeln wollte, wollten nicht mehr still auf meinem Schoß sitzen. Ich musste sie gehen lassen – musste mein Herz dagegen wappnen –, sie wollten Sachen zerschmeißen, miteinander ringen.«

Meine Brüder schauten verwirrt, aber irgendwie stolz. Manny zwinkerte Joel zu.

»Ach«, sagte er, »so ist das nicht.«

»Nein?«, fragte Ma.

»Ich zerschmeiß nichts«, sagte ich. »Ich will Gott studieren und niemals heiraten.«

»Gut«, meinte Ma, »dann bleibst du für immer sechs.«

»Das ist doch nur blöd«, sagte Joel.

Ma hob langsam eine Hand und beendete das Thema.

»Stehst du heute auf?«, fragte ich.

»Wie sehe ich aus?«

»Blau«, sagte ich.

»Verrückt«, sagte Joel.

»Kaputt«, sagte Manny.

»Aber es ist dein Geburtstag«, sagte Ma zu mir.

»Aber es ist mein Geburtstag.«

Sie schob die Laken zur Taille hinunter, legte ihre Hände vorsichtig vors Gesicht, um ihre Wangen zu schützen, so als würde jeden Augenblick eine Faust durch die Luft geflogen kommen, dann richtete sie sich auf, dann berührten ihre Füße den Boden, dann stand sie in ihrem grünen Fußballtrikot da, auf Beinen, so dünn wie nichts, und mit lackierten Zehennägeln.

Auf der Kommode lag ein Spiegel mit Messinggriff; kaum hatte Ma ihn vors Gesicht gehalten, stiegen Tränen auf und saßen auf ihren Wimpern und wollten runterkullern. Ma konnte die Tränen länger zurückhalten als sonst jemand; manchmal wanderte sie stundenlang so herum, hielt sie fest, ließ sie nicht heruntertropfen. An solchen Tagen fuhr sie mit ihren Fingern über Gegenstände oder hatte stumm das Telefon im Schoß liegen, und man musste sie dreimal rufen, bevor sie einen ansah.

Ma hielt also die Tränen zurück und besah ihre Hässlichkeit. Wir drei Jungs gingen aus dem Zimmer, doch sie rief mich zu sich, sagte, sie wolle mit mir darüber reden, sechs zu bleiben, aber viel mehr sagte sie nicht, sie sah nur unentwegt in den Spiegel und drehte den Kopf in verschiedene Richtungen.

»Was hat er mit mir angestellt?«, wollte sie wissen.

»Er hat dir ins Gesicht geschlagen«, sagte ich, »um die Zähne zu lockern.«

Ich sprang beim Geräusch von zerberstendem Glas erschreckt auf. Die Köpfe meiner beiden Brüder tauchten im selben Augenblick in der Tür auf, grinsten, schauten von Ma zu mir, zu den Spiegelscherben, zu der Stelle an der Wand, an die etwas geschmettert worden war, zu Ma, zu mir.

Ma hatte die Hände wieder schützend vor die Wangen gelegt und die Augen geschlossen. Als sie sprach, formulierte sie jedes einzelne Wort langsam und deutlich.

»Findet ihr das lustig, wenn Männer eure Ma verprügeln?«

Das Lächeln meiner Brüder wich Stirnrunzeln; sie verschwanden.

Ich wickelte mich wieder in den Vorhang und lehnte meine Stirn an die Scheibe. Das Licht spiegelte sich zwischen weißem Himmel und Schnee; das Licht fing sich im Frost an der Scheibe. Draußen war es zu hell, um auf einen Fleck zu schauen. Ich riss die Augen so weit auf, wie ich konnte, bis sie vor Licht brannten, und ich dachte daran, blind zu werden, daran, was alle sagten, wenn man direkt in die Sonne starrte, würde man blind – aber sosehr ich es versuchte, ich konnte mich nicht selbst blenden.

Ma setzte sich auf die Bettkante, atmete laut und langsam und verzieh mir. Sie rief mich, ich solle mich auf ihren Schoß setzen, ich gehorchte, und wir atmeten zusammen. Dann sang Ma mein Lieblingslied, eins über eine Frau mit Federn und Orangen und Jesus Christus, der übers Wasser wandelt. Mein Kopf reichte bis an ihre Schulter, aber sie wiegte mich, wiegte mich und summte dort, wo sie die Wörter vergessen hatte.

»Versprich mir«, sagte sie, »versprich mir, dass du immer sechs bleibst.«

 »Wie denn?«

»Ganz einfach. Du bist nicht sieben; du bist sechs plus eins. Und nächstes Jahr wirst du sechs plus zwei. Einfach so, für immer.«

»Warum?«

»Wenn man dich fragt, wie alt du bist, und du antwortest: ›Ich bin sechs und eins oder zwei oder mehr‹, dann sagst du ihnen, dass du immer Mas kleiner Junge bist, ganz egal, wie alt du wirklich bist. Und wenn du mein kleiner Junge bleibst, dann habe ich dich für immer, und du gehst mir nicht aus dem Weg, wirst nicht verschlagen und tough, und ich muss mein Herz nicht abhärten.«

»Du hast aufgehört, sie zu lieben, als sie sieben geworden sind?«

»Sei doch kein Dummkopf«, sagte Ma. Sie wischte mir die Haare aus der Stirn. »Große Jungs lieben ist anders als kleine Jungs lieben – auf harte Jungs musst du hart reagieren. Das macht mich manchmal müde, das ist alles, und du, ich will nicht, dass du mich verlässt, ich bin nicht so weit.«

Dann beugte Ma sich vor und flüsterte mir noch mehr ins Ohr, erzählte mir, warum sie es wichtig fand, dass ich sechs war. Sie flüsterte mir das alles zu, ihr Bedürfnis war so groß, nirgendwo gab es Zärtlichkeit, nur Paps und Jungs, die wie Paps wurden. Es waren nicht nur die gegurrten Worte, auch die Feuchtigkeit ihrer Stimme, der Hauch von Schmerz, die warme Nähe ihrer Prellungen, die einen Funken in mir auslösten.

Ich drehte mich zu ihr um, sah die Schwellungen zu beiden Seiten ihres Gesichts, die schmutzig rote Haut, gelb umringt. Diese Prellungen wirkten so empfindlich, so weich, so schmerzempfänglich, und dieser Drang, dieser Funke stieg aus meinem Innersten auf, fuhr mir durch die Brust, dieses gemeine Kribbeln, die Arme lang bis in die Hände. Ich packte ihre beiden Wangen und zog sie zu einem Kuss zu mir hin.

Der Schmerz schoss ihr scharf und schnell in die Augen, riss ihr die Pupillen zu großen schwarzen Scheiben auf. Sie zuckte mit ihrem Gesicht von meinem fort und schubste mich auf den Boden. Sie verfluchte mich und Jesus, die Tränen kullerten, und ich war sieben.

Der See

Eines unerträglichen Nachts mitten in einer Hitzewelle fuhr Paps mit uns allen an den See. Niemand trug mehr als Badesachen, und Ma hatte uns befohlen, Handtücher über die Sitze zu legen, damit unsere Haut nicht an dem Vinyl kleben blieb. Wir fuhren schweigend die lange Straße entlang, so als würden wir vor dem Fernseher sitzen, nur dass wir die Hitze hörten und sahen.

Ma und ich konnten nicht schwimmen, also hielt sie sich an Paps' Rücken fest und ich mich an ihrem, und er schwamm mit uns eine kleine Runde, breitete die Arme vor sich aus und schlug mit den Beinen unter uns, wobei unsere Beine mit eingerollten Zehen entspannt und reglos durchs Wasser zogen.

Ab und zu wies mich Ma auf etwas Interessantes hin, eine Ente, die auf dem Wasser landete, den Kopf nach hinten gereckt und mit flatternden Flügeln, oder auf einen Wasserläufer mit dürren Beinchen, der kleine Ringe auf die Wasseroberfläche malte.

»Nicht so weit«, sagte sie zu Paps, doch der schwamm und schwamm, leicht und langsam, und das Ufer hinter uns dehnte sich aus, wurde schmal und bog sich, bis es zu einer unendlich dunklen, fernen, bewaldeten Mondsichel wurde.

In der Mitte des Sees fühlte sich das Wasser schwärzer und kühler an, und Paps schwamm direkt in einen Klumpen schleimiger, teerschwarzer Blätter. Ma und ich versuchten, die Blätter von uns wegzustrampeln, aber wir mussten uns mit einer Hand festhalten, und am Ende wirbelten die Blätter in unserem Fahrwasser und klebten uns wie Egel an Rippen und Oberschenkeln. Paps hob eine Handvoll in die Luft, der Klumpen schmolz ihm durch die Spalten zwischen den Fingern und löste sich zu kleinen Flecken im Wasser auf, und zigarettengroße Fische tauchten auf und knabberten an den Blätterstückchen.

»Wir sind zu weit«, sagte Ma. »Bring uns zurück.«

»Gleich«, sagte Paps nur.

Ma redete davon, wie unnatürlich es sei, dass Paps schwimmen könne, so als ob er hier in dieser Hinterwäldlergegend geboren worden wäre und nicht sechs Stunden südlich in Brooklyn. Niemand in Brooklyn könne schwimmen, sagte sie. Das meiste Wasser, was sie je an einer Stelle gesehen hatte, war, wenn einer der Männer aus dem Block den Hydranten aufgedreht hatte und das Wasser herausgeschossen war. Sie war nie wie die anderen Kinder durch den Wasserstrahl gelaufen, sagte sie – zu hart und gemein und erschreckend kalt –, aber hatte gern etwas abseits gestanden, wo der Bürgersteig an die Straße stieß, und hatte sich das Wasser um die Knöchel fließen lassen.

»Ich war schon verheiratet und habe drei Jungs auf die Welt gebracht, bevor ich jemals in etwas Tieferes als eine Pfütze gestiegen bin«, sagte sie.

Paps erzählte nicht, wann oder wo er schwimmen gelernt hatte, aber er hatte es sich zur Aufgabe gemacht, alles zu lernen, was man zum Überleben braucht. Er hatte die Muskeln und den Willen dazu. Er war auf dem Weg, unzerstörbar zu werden.

»Mit dir ist es wohl andersrum, oder?«, fragte Ma nach hinten. »Du bist mit all diesen Seen und Flüssen aufgewachsen, und du hast zwei Brüder, die schwimmen können wie Goldfische im Glas – warum kannst du nicht schwimmen?«

Sie stellte die Frage, als würden wir uns zum ersten Mal begegnen, als würde sie meine Lebensumstände nicht kennen – meine tollpatschigen, erschreckenden Versuche im tiefen Wasser, das eine Mal im Freibad, als ich vom Highschool-Rettungsschwimmer aus dem Becken gezogen worden war und Wasser ins Gras gewürgt hatte, siebenhundert

Augen auf mich gerichtet, der Lärm der Schreie und Platscher und Trillerpfeifen für einen Augenblick unterbrochen, weil alle meine schwachen Knochen betrachteten, starrten und starrten, ob ich wohl weinen würde, was ich tat –, als wäre ihr gerade erst aufgegangen, wie merkwürdig es war, dass ich hier war, mich an ihr und Paps festklammerte, nicht bei meinen Brüdern, die sich in den See gestürzt hatten, sich gegenseitig die Köpfe unter Wasser drückten, sich zu ersäufen versuchten, dann wieder hinaussprangen und im Wald verschwanden.

Natürlich konnte ich darauf unmöglich antworten, denn, um die Wahrheit zu sagen, ich hatte Angst. Es gab nur eine Person, die so etwas in unserer Familie jemals aussprach: Das war Ma, und meistens hatte sie noch nicht mal Angst, sondern war nur zu faul, selbst in den Kriechkeller hinabzusteigen, oder sie sagte es, um Paps ein Lächeln ins Gesicht zu zaubern, um ihn dazu zu bringen, sie zu kitzeln und zu necken oder an sich zu drücken, um ihn wissen zu lassen, dass sie eigentlich nur Angst davor hatte, ohne ihn zu sein. Ich, ich hätte lieber losgelassen und wäre still an den schwarzen Grund des Sees gesunken, als den beiden meine Angst zu gestehen.

Aber ich musste gar nichts sagen, denn Paps antwortete schon für mich.

»Er wird es lernen«, sagte er, »ihr beide werdet es lernen«, und danach sprach lange Zeit keiner mehr ein Wort. Ich sah, wie das Mondlicht über dem See in Tausende Lichtsplitter zerfiel; ich sah die dunklen Vögel kreisen und krächzen, den Wind die Äste heben, die Kiefern wanken. Ich spürte, wie der See kälter wurde, und ich roch die toten Blätter.

Später, nach dem Zwischenfall, fuhr uns Paps nach Hause. Er saß hinter dem Lenkrad, noch immer ohne Hemd, Rücken und Hals und sogar Gesicht schraffiert von Kratzern, manche nur dunkelrote Linien und aufgerissene Haut, andere, die schon verschorften, und einige, die noch immer frisch glänzten, und auch ich war völlig verkratzt – denn Ma war in Panik geraten, und als Paps davonglitt, hatte sie sich an mich gekrallt. Später meinte Paps zu ihr: »Wie sollt ihr es denn sonst lernen?«

Und Ma, die mich beinahe ersäuft hätte, die geschrien und geweint und ihre Fingernägel in mich gebohrt hatte, die durchgedrehter und wilder war als je, Ma, die so überschäumte vor Wut, dass sie Manny vorn bei Paps platzierte und sich hinten in die Mitte setzte und ihre Arme um uns legte – Ma antwortete darauf, indem sie über mich hinweggriff und während der Fahrt die Tür öffnete. Ich schaute hinunter und sah den Asphalt undeutlich vorbeirasen, und der Straßenrand verschwand in einer

Kiesgrube. Ma hielt die Tür auf und fragte: »Was? Willst du, dass ich ihm das Fliegen beibringe? Soll ich ihm das Fliegen beibringen?«

Paps musste anhalten und sie beruhigen. Wir drei Jungs sprangen hinaus, gingen an den Straßenrand und pinkelten in den Graben.

»Und sie hat dich echt so zerkratzt?«, fragte Manny.

»Sie wollte mir auf den Kopf klettern.«

»Was für eine …«, fing er an, sprach aber nicht zu Ende. Er war zwei Jahre älter als Joel und drei Jahre älter als ich. Wir warteten auf sein Urteil, auf die andere Hälfte des Satzes, aber er nahm nur einen Stein und schleuderte ihn so weit, wie er nur konnte.

Wir hörten, wie sie sich im Auto stritten, wir hörten Ma immer und immer wieder sagen: »Lass mich los. Lass mich los«, und wir schauten zu, wie die großen Sattelschlepper vorbeidonnerten und das Auto und den Boden unter unseren Füßen zum Beben brachten.

Dann lachte Manny und sagte: »Shit, ich hab echt gedacht, jetzt schmeißt sie dich aus dem Auto.«

Joel lachte auch; er sagte: »Shit, ich dachte, du *fliegst* gleich.«

Als wir schließlich zum Wagen zurückgingen, saß Ma wieder vorne, und Paps fuhr mit einer Hand um ihren Nacken. Er wartete bis zum richtigen Augenblick, als wir alle zur Ruhe gekommen waren und den Frieden genossen und an die Betten dachten, die zu Hause auf uns warteten, dann drehte er den Kopf zur Seite, warf mir einen Blick über die Schulter zu und fragte ganz neugierig und freundlich: »Also, wie hat dir deine erste Flugstunde gefallen?« Und der ganze Wagen brach in schallendes Gelächter aus.

Doch der Zwischenfall spielte sich ununterbrochen in meinem Kopf ab, und ich konnte nachts im Bett vor lauter Erinnern nicht schlafen. Wie Paps davongeglitten war, wie er zusah, wie wir zappelten und strampelten, wie ich Mas Krallen und Greifen entkommen musste, wie ich mich einfach tiefer und tiefer sinken ließ und was ich dort sah, als ich die Augen aufmachte: schwarzgrüne Dunkelheit, eine Unterwasserwelt, Entsetzen. Ich versank eine ganze Weile, desorientiert und mich windend, und plötzlich schwamm ich – ich trat mit den Füßen und streckte die Arme aus, wie mein Paps es mir vor langer Zeit gezeigt hatte, und ich stieg zum Licht auf und schoss in die Luft, und dann der erste Atemzug, ich sog die Luft ganz tief in meine Lunge, und als ich hinaufsah, war der Himmel noch nie so gewölbt gewesen, so glitzernd und großartig. Ich erinnerte mich an die Dringlichkeit in den Stimmen meiner Eltern. Ma schlang sich wieder um Paps, und beide riefen nach mir. Ich schwamm auf ihre dümpelnden Umrisse zu, und dort unter den Sternen war ich gewollt. Nie waren sie so froh gewesen, mich zu sehen, nie hatten sie mich mit derartiger Intensität und Hoffnung angeblickt, nie zuvor hatten sie meinen Namen so sanft ausgesprochen.

Ich weiß noch, wie Ma in Tränen ausbrach und Paps jubelte und schrie, er der verrückte Professor, ich das Wunder seiner Schöpfung:

»Er lebt!«

»Er lebt!«

»Er lebt!«

Wir selbst

Als wir Brüder waren, als wir drei zusammen waren, machten wir eine Frau. Wir stellten uns übereinander, auf die Schultern, einer auf die des anderen, und wickelten uns in Mas Wintermantel. Manny war unten die Beine, Joel war der Bauch, und ich war der Leichteste, also war ich der Frauenkopf. Wir benutzten eine Leiter, um nicht umzufallen, aber Mannys Knie gaben unter unserem Gewicht nach, deshalb mussten wir uns auf den Boden legen und es so probieren; wir waren eine gefallene Frau, die nicht aufstehen konnte, eine hilflose Frau, rücklings.

Als wir Brüder waren, waren wir die Musketiere.

»Einer für alle! Und alle auf einen!«, schrien wir und fochten mit unseren Gabeln.

Wir waren Monster – Frankenstein, Frankensteins Braut, Frankensteins Baby. Wir bastelten Zwillen aus Buttermessern und Gummibändern, kauerten unter Autos und schossen mit Kieselsteinen auf weiße Frauen – wir waren die drei Bären, die sich an Goldlöckchen wegen des fehlenden Breichens rächten.

Die Gotteszahl ist Drei.

Wir waren die Gotteszahl.

Manny war der Vater, Joel der Sohn und ich der Heilige Geist. Der Vater band den Sohn an den Basketballpfosten und peitschte ihn mit Ruten, während der Sohn sprach: »Warum, Paps, warum?«

Und der Heilige Geist? Der Heilige Geist schwebte und musste zusehen – da und nicht da –, bis ein neues Spiel begann.

Wenn wir zu dritt waren, dann sprachen wir gemeinsam, eine Stimme für alle, in unserer Höhlensprache.

»Wir Hunger«, sagten wir zu Ma, als sie schließlich zur Tür hereinkam.

»Wir Einbrecher«, sagten wir zu Paps, als er uns auf dem Dach erwischte, wo wir uns gerade abseilen wollten – und später, als Paps uns wieder am Boden hatte und Manny eine Tracht Prügel verabreichte, flüsterte ich zu Joel: »Wir Angst«, und Joel reckte sein Kinn zu Paps hinüber, der seinen Gürtel auszog, und flüsterte zurück: »Wir am Arsch.«

Wenn wir zu dritt waren, bohrten wir uns gegenseitig die Finger in die Augen und zogen uns die Stühle unterm Hintern weg. Die Stooges waren drei, die Chipmunks auch. Wir kniffen uns die Nasen zu und sangen als Chipmunks Weihnachtslieder. Wir perfektionierten die menschliche Pyramide – nicht die langweilige Pyramide im Knien, sondern im Stand. Wir wechselten uns in der Rolle des Weltmeisters ab, einer paradierte auf den Schultern der anderen beiden, warf Handküsschen und schüttelte die Fäuste.

Wir waren die drei Schweinchen in ihrem Haus; wir waren der Wolf, der pustete. Aber nachdem wir aufgeklärt worden waren – nachdem Ma sich mit uns auf den Teppich gesetzt und die Enzyklopädie bei den »Fortpflanzungsorganen« aufgeschlagen hatte, nachdem sie uns die Querschnitte von Penis und Vagina gezeigt und uns erklärt hatte, wie sie zusammenpassen, trotz alldem –, spielten wir ein neues Spiel. Niemand hatte Ma die Sache mit dem Sex erklärt, als sie klein war – nicht die Nonnen in der Schule und auch nicht ihre eigene Mutter. Und als sie Paps fragte: »Kann ich davon denn nicht schwanger werden?«, hatte Paps gelogen. Er hatte gelacht und zurückgefragt: »Davon?« Und dann war da Manny tief drin in Mas Bauch, er war gewachsen, und sein Herz hatte getickt wie eine Bombe (Mas Worte: »Das Herz tickte wie eine Bombe«), dabei war sie erst vierzehn und Paps sechzehn, beide in der neunten Klasse, und beide brachen sie die Schule ab. Ma musste Paps dazu überreden, das Richtige zu tun, sie mit dem Bus nach Texas zu bringen und zu heiraten. Da war sie im achten Monat, erzählte sie uns, und Paps war dunkelhäutig mit Afromatte. Die beiden sahen mit ihren verwirrten Babygesichtern sowas von nach Brooklyn aus; das Höflichste, was den Leuten einfiel, war, sie anzustarren, und die Welt ist voller Menschen, die nicht höflich sind – aber es musste Texas sein, erklärte Ma, weil Ma doch zu jung war, um in New York zu heiraten. Dann waren sie also verheiratet, und dann kam Joel, und dann kam ich. Alle drei in Mas Teenagerzeit (»meine Teenagerzeit«, wiederholte Ma, als ob uns das was sagen müsste) – nach alldem waren wir nicht mehr die drei Schweinchen in der Hütte, aber auch nicht mehr der Wolf, der die Hütte umpustet.

Danach spielten wir ein neues Spiel, in dem der Wolf die Schweinchen zum Sex überlistet, und wir waren die Kinder – halb Schwein, halb Wolf.

Wir drei gingen von unserem Haus zum Drugstore, ein weiter Weg. Wir hockten uns auf den betonierten Bürgersteig, hielten Kleingeld in unseren Händen fest und baten Fremde, uns doch Wolfssachen zu kaufen – Zigaretten oder Bier oder Whiskey –, aber keiner willigte ein. Wir sollten verschwinden, meinten sie, oder sie sagten Sachen wie: »Whiskey? Shit, ihr seid doch noch Babys.«

»Wolfsbabys!«, schrien wir. »Schweinebabys!«

Als eine Schwangere herangewatschelt kam, sprang Manny auf, zeigte mit dem Finger und schrie: »He, Lady, ham Se da ne Bombe drin?«

Wir trampelten mit den Schuhen auf dem Beton und kreischten vor Lachen. Joel warf das Kleingeld in die Höhe, und es regnete Silbermünzen. Wir lachten und lachten: »Ne Bombe, Himmel, ne Bombe!«

Die Frau ging nicht davon; sie legte neugierig den Kopf zur Seite und rieb mit den Handflächen langsam über ihren Bauch, wartete, bis wir uns beruhigten, und sagte dann: »Das? Das ist ein Baby. Mein Baby.«

Ihre Augen waren feuchte schwarze Löcher – keine Furcht, keine Verachtung, kein Mitleid –, diese Lady war ganz offen. Sie sog uns ein.

Als sie sagte: »Steht mal auf«, taten wir es. Auch bei: »Kommt her.«

Sie kauerte sich hin, packte uns nacheinander am Handgelenk und legte die Hand auf ihren Bauch.

»Wartet mal«, sagte sie – aber so lange brauchten wir nicht zu warten.

»Verdammt!«, sagte Joel. »Das will raus!«

»Hat es einen Daddy?«

»Alle Babys haben Daddys.«

»Hat er Sie ausgetrickst?«

»Ausgetrickst?«

»Wie alt sind Sie?«

»He, benehmt euch.«

»Sind Sie vierzehn?«

»Vierzehn? Um Himmels willen, nein.«

»Tut das weh?«

»Ein bisschen. Es wird richtig wehtun, wenn sie das Kind rausholen.«

»Das tut Ihrer Vagina weh.«

»Könnt ihr euch eigentlich nicht ordentlich benehmen?«

Wir sahen betreten auf unsere Schuhe. Manny fegte das Kleingeld zusammen und drückte es ihr in die Hand.

»Hier«, erklärte er, »für Ihr Baby. Sagen Sie ihm, wir haben es ihm geschenkt.«

»Wer wir?«

»Wir drei.«

»Wir Brüder.«

»Wir Musketiere.«

»Wir Tricks.«

Danach – nachdem wir die Lady verlassen hatten, die mit unserem kleinen Vermögen dastand und damit auf ihrer Handfläche klimperte – rannten wir nach Hause, zogen Ma aufs Sofa, schoben ihre Bluse hoch, küssten und pupsten mit den Lippen auf ihrem Bauch – der nun so dünn und fest war, kein Platz mehr für uns – und fragten: »Wir wehgetan?«, und wussten, dass wir dort mal gelebt hatten, in Mas Bauch, bevor wir drei zusammen waren, bevor wir Brüder waren.

Und Ma? Sie stellte keine Fragen, ließ sich einfach aufs Sofa ziehen, wo sie rücklings lag und lachte; sie gab einfach nach, unsere Ma, hob die Arme über den Kopf, ergab sich; sie gab einfach auf.

Lina

Paps verschwand für eine Weile, und Ma ging nicht mehr zur Arbeit, aß nicht, kochte nicht für uns, spülte keine Kippen mehr im Klo runter, sondern ließ sie liegen, in leeren Flaschen und Teetassen; nasse Kippen verstopften den Ausguss in der Spüle. Sie schlief nicht mehr in ihrem Bett, sondern auf der Couch oder dem Fußboden, manchmal auch am Küchentisch, den Kopf auf einem Arm, der andere baumelte Richtung Linoleum, wo sich um sie kleine Häufchen aus Kippen und leeren Schachteln und Asche auftürmten.

Wir gingen auf Zehenspitzen. Wir aßen Erdnussbutter auf Salzkräckern und dünne Spaghetti in Pflanzenöl und Reibekäse. Wir aßen die Sachen hinten aus dem Kühlschrank, lang vergessen, Orangenmarmelade, in der die Schalenstreifen schwammen wie Insekten in Bernstein. Wir aßen Instant-Brotfüllung und weißen Reis mit Sojasauce oder Ketchup.

Lina, Mas Vorgesetzte, rief an.

»Es sind jetzt schon sechs Schichten hintereinander«, sagte sie. »Was ist bei euch los?«

Rings um sie herum summten und klapperten Maschinen. Da war das durchdringende Geschepper von Flaschen, die ein Fließband entlanglaufen.

»Was meinen Sie damit?«, fragte ich.

»Lauter, Kleiner«, rief Lina. »Hier ist mehr Krach als in der Hölle.«

»*Was meinen Sie damit?*«

»Ich mein, es ist laut hier! Ich kann dich kaum verstehen. Scheiß drauf. Kleiner, ich komm mal vorbei und schau nach dem Rechten.« Die Verbindung wurde unterbrochen, und ich wartete auf den Wählton und dann den anderen Lärm, der einem sagte, dass man vergessen hatte aufzulegen.

Lina kam direkt aus der Brauerei vorbei, noch immer im langen weißen Laborkittel, die Sicherheitsbrille auf dem Kopf. Sie war in China geboren; sie war groß und dick, mit hohen Wangenknochen, die unter ihren Augen hervorstanden wie Lenkergriffe.

»Sie sind riesig«, stellten wir fest. »Hier ist kein Platz für Sie. Sie stoßen sich den Kopf an der Decke.«

Wir versuchten, ihr die Tür vor der Nase zuzumachen, aber sie drückte sie einfach auf, hielt eines ihrer Beine hoch und deutete auf den Stiefel.

»Ohne die da bin ich kleiner.«

Sie zog den Kittel aus und sprach davon, dass es eine Gegend in China gebe, wo alle Frauen so gebaut seien wie sie, »wie Cadillacs«, sagte sie und lachte und machte mit ihren großen Pranken zu beiden Seiten eine Bewegung, die die Größe andeuten sollte. Sie reichte uns eine braune Papiertüte, beugte sich vor, um ihre Stiefel aufzuschnüren, und sagte: »Macht das noch nicht auf, stellt es nur auf den Tisch und holt mir eure Mutter, ganz egal, wo sie sich versteckt.«

»Sie schläft«, brummte Manny. Wir brachten die Einkäufe gar nicht erst in die Küche. Wir schütteten alles auf den Wohnzimmerteppich und stürzten uns auf das Brot, das schon geschnitten war, und den Käse, stopften uns Hände voll in den Mund, tranken die Milch aus der Packung, sahen Lina direkt in die Augen, wir drei, wir forderten sie heraus. Sie zeigte ihre großen, breiten Pferdezähne. Sie pfefferte die Stiefel in die Ecke.

»Ich werdet noch ersticken«, warnte sie, »wenn ihr nicht aufpasst. *Genossin*«, brüllte sie, trat über uns hinweg, und Ma kam angerannt und warf sich in Linas dicke Arme, vergrub ihr Gesicht in Linas seidig schwarzen Haaren und weinte.

Lina stand eine Weile da, griff dann in ihren Kittel und zog ein Taschentuch heraus, nahm das

Gesicht unserer Mutter in ihre Hände, wischte es ab und schob ihre Haarsträhnen hinter die Ohren. Wir knieten keine zwei Schritte entfernt auf dem Boden, und je länger Lina dastand und an Ma herumrieb, umso weniger Aufmerksamkeit schenkten wir den Einkäufen. Dann begann Lina, Ma überall zu küssen, kleine, weiche Küsse, sie bedeckte Mas ganzes Gesicht damit, selbst die Nase und die Augenbrauen. Dann legte sie ihre Lippen auf Mas Lippen und hielt sie dort, weich und regungslos, und niemand – ich nicht, Ma nicht, Joel oder Manny nicht, niemand – sagte ein Wort. Es gab nichts zu sagen.

Andere Heuschrecken

Wir stiegen in den Garten des alten Mannes ein und bedienten uns. Der alte Mann hatte eine hohe Hecke und lebte an einer Schotterstraße, die für unsere Räder fast zu holprig und zerfurcht war, aber wir bahnten uns einen Weg, drückten uns durch die Hecke, kamen in den Garten und bedienten uns. Wir probierten und zertrampelten und verwüsteten, und als wir aufblickten, beobachtete uns der alte Mann von der Veranda aus, sah einfach nur zu.

»Tiere«, zischte er. Er machte ein Gesicht, als wollte er ausspucken. »Plagen.«

Wir schämten uns vor ihm. Er war sehr alt.

»Ist das Ihr Garten?«, fragte Manny. Joel ließ eine Tomate aus der Hand fallen und wischte sich dann mit dem Handrücken den Mund ab.

Der alte Mann öffnete die Fliegentür und kam die Treppe herunter auf uns zu. Er ging im Staub auf die Knie und befingerte die abgeknickten Triebe.

Er nahm eine halb gegessene Gurke und wischte die Erde ab, dann klappte er ein Taschenmesser auf und schnitt die Bissspuren weg. Die Pflanzen, die wir mit den Wurzeln herausgerissen hatten, wurden wieder in die Erde gesetzt. Steif kroch er auf Händen und Knien herum, und wir standen da und schauten zu.

Der alte Mann drückte uns das gerettete Gemüse in die Hände und scheuchte uns dann auf die Veranda. Wir legten es auf einen Klapptisch.

»Was sind Plagen?«, wollte Joel wissen.

»Was die Raupen lassen, das fressen die Heuschrecken; und was die Heuschrecken übrig lassen, das fressen die Käfer; und was die Käfer übrig lassen« – der alte Mann machte eine Pause und starrte jeden Einzelnen von uns mit zusammengekniffenen Augen an –, »das frisst das Geschmeiß.«

Dann schimpfte er uns Eindringlinge, Marodeure, Plünderer, die Armee des Teufels auf Erden.

Er sprach in einem gebrochenen Singsang – Missouri, wie sich herausstellte –, und wir verstanden nicht mal die Hälfte der Wörter, die er benutzte, aber Heuschrecken, die Bedrohung und die Möglichkeit von Heuschrecken weckten unsere Vorstellungskraft, und wir brachten den alten Mann dazu, uns immer und immer wieder davon zu erzählen, bis wir es verstanden. Wir brachten ihn sogar dazu, uns ein Bild von Heuschrecken zu malen, ein Gewirr aus schwarzen Filzstiftstrichen oben auf der Seite des Blattes, dort, wo der Himmel sein sollte, und noch mehr Striche, einer über dem anderen, bis die obere Hälfte schwarz war.

»Das da sind die Heuschrecken«, erklärte er. »Ihr werdet schon sehen, früher oder später, ihr werdet schon sehen.«

Das spielte sich alles auf der Veranda ab; er lud uns nicht in sein Haus ein, nur bis dahin durften wir, aber er schickte uns auch nicht weg. Es war später Nachmittag, die Sonne ging unter, es wurde Abend, die Spätsommerluft kühlte schnell ab, aber es wurde nicht kalt. Die Veranda war vergittert; die Fliegengitter waren an manchen Stellen mit Stoff vernäht, um die Löcher zu stopfen und die Moskitos fernzuhalten, aber die Moskitos fanden trotzdem einen Weg. Der alte Mann nannte sie Schnaken.

Wir saßen um den Klapptisch herum und klatschten die Schnaken auf dem Tisch oder auf den nackten Oberschenkeln oder Unterarmen der anderen tot – wir machten uns ein Spiel daraus, schlugen einander und lachten, aber wenn eine Schnake auf dem alten Mann landete, schlugen und klatschten wir nicht zu, sondern wischten mit unseren Fingern über seine trockene Haut. Einmal stand ich auf und pustete dem alten Mann über den Nacken, wo eine Schnake gerade zustechen wollte, und der alte Mann zwinkerte und knuffte mir in die Rippen.

»Die beste Medizin gegen einen Schnakenstich ist, ein Kreuz zu schneiden, so«, sagte er und drückte mir mit dem Daumennagel ein winziges Kreuz in den Arm. »So verteilt ihr das Gift und tötet den Juckreiz.«

Der alte Mann war aus den Ozarks, einer Gegend in Missouri mit Erdlöchern und Höhlen und Blitzen, die aus dem Boden aufstiegen und in den Himmel schossen.

Der alte Mann sagte, wir seien auf der Flucht. Er hatte alle möglichen Schimpfwörter für uns: Schiffbrüchige, blinde Passagiere, Flüchtlinge, Penner, Großstadttrottel, Mistkerle. Manny erzählte ihm, wir seien weggelaufen und wollten nie wieder zurück, und Joel sagte noch, unsere Mutter sei tot, man könne also niemanden anrufen. Der Mann war sehr alt, und er schien sich keine Gedanken zu machen, jemanden anzurufen oder was zu unternehmen. Er nannte uns auch Süße, Babys, Unschuldslämmer, arme, bedauernswerte Geschöpfe, Gottes Kinder. Er klebte die Wörter aneinander und sprach meist mit sich selbst, und die ganze Zeit schnitt er das Gemüse auf dem Tisch in immer kleinere Stücke; was er da machte: Er machte uns einen Salat.

Dann stand er auf und ging ins Haus, um eine Schüssel und Teller und Gabeln zu holen. Er bewegte sich sehr langsam.

»Der alte Mann ist in Ordnung«, sagte Manny.

»Find ich auch«, sagte Joel.

Joel entdeckte das Gelb eines Wiffleballschlägers zwischen ein paar Rechen und Besen und Schaufeln, die alle in einer Ecke standen.

»Wozu braucht er den denn?«

Er holte den Schläger und sah sich um, aber es gab keinen Ball. Er holte langsam zu einem Homerun aus, pustete die Wangen auf und atmete in dem Augenblick aus, als er sich den Ballkontakt vorstellte.

»Und erzähl ja keine Lügen von wegen, Ma ist tot«, sagte Manny zu Joel. »So'n Scheiß ist nicht okay.«

Es war schon so dunkel, dass das Licht auf der Veranda uns daran hinderte, auf den Hof hinauszusehen. Unsere Ma war noch immer am Boden zerstört, hatte noch immer tote Augen, aber sie war nicht tot. Sie war sogar wieder in die Brauerei gegangen. Da war sie jetzt, arbeiten. Und Paps war noch immer verschwunden. Manny meinte, er habe sich eine andere Frau aufgegabelt.

Joel holte zum nächsten Homerun aus und ahmte dann die tobende Menge nach. Bald würden wir unsere Räder im Dunkeln nach Hause schieben müssen, die zerfurchte Schotterstrecke entlang, ohne Straßenbeleuchtung.

»Hast du verstanden?«

»Du glaubst, du weißt alles«, sagte Joel und hielt Manny die Spitze des Schlägers unter die Nase. Manny brauste auf und spannte sich an, und Joel grinste. »Scheiße weißt du.«

»Und ob ich das weiß«, sagte Manny, doch kaum hatte er die Worte ausgesprochen, holte der Schläger aus und traf Manny seitlich am Kopf. Dann wälzten sie sich auf dem Boden und kämpften wie Berserker – »wie im Hundezwinger«, nannte Paps das, Beißen und Reißen und Schnodder und Blut.

Ich schrie sie an, sie sollten aufhören, mehr tat ich nicht, schrie immer und immer wieder das eine Wort: *»Stopp, stopp, stopp.«* Ich dachte an Ma, die Paps dasselbe *»Stopp, stopp, stopp«* zuflüsterte. Manny zog den Rotz hoch und spuckte ihn Joel ins Gesicht, der Schleim glitt ab wie Eigelb.

»Tiere«, sagte der alte Mann, *»Tiere.«*

Da hörten Manny und Joel auf. Sie erhoben sich und keuchten und zogen sich die Kleidung zurecht. Der alte Mann stand in der Tür zu seinem Haus und scheuchte uns von der Veranda runter in die Dunkelheit. Die Luft schwirrte vor Insekten. Kein Mond zu sehen. Sommernächte schienen die wildesten Nächte von allen zu sein.

Es gab noch Millionen von Fragen, über Gott und Heuschrecken und die Ozarks, über das Altwerden und Sterben. Der alte Mann hielt unsere Schüsseln in der Hand, und weil wir ihm nicht in die Augen schauen konnten, sahen wir diese leeren Schüsseln an. Wir schauten so stumm und bohrend, dass er sich abwendete und die Schüsseln irgendwo im Haus abstellte.

»Na los«, sagte er, »haut ab.«

Millionen von Fragen: Warum haben Tiere keine Angst im Dunkeln? Vor allem die winzig kleinen, die Häschen und Vögelchen, die schon am Tag ganz hibbelig sind – was halten die von der Nacht? Wie verstehen sie die? Sind die Bäume und Sträucher und Kaninchenbauten voll mit Ohren, die lauschen und lauschen, und Augen, die sich nicht zu schließen trauen?

Und das Geschmeiß, was ist denn an denen falsch, warum kommen sie als Letzte dran, und was bleibt denen noch zu fressen?

Sprich mit mir

Wir saßen am Küchentisch, hungrig, ungeduldig, lärmend. Wir legten unsere Köpfe in den Nacken und hielten uns die Bäuche. Jeden Abend starben wir vor Hunger. Ma sog an einer Fingerkuppe; sie hatte sich an der schartigen Kante der Suppendose geschnitten. Das Telefon klingelte, Ma drehte sich um und zog den verletzten Finger ploppend aus dem Mund.

»Das ist euer Vater«, sagte sie, ging aber nicht dran, sondern schüttete die Suppe in den Topf und sog wieder am Finger.

Wir hörten auf zu jammern, sahen uns gegenseitig an und schauten zum Telefon hinüber – das war ein neues Spiel. Wir stützten die Ellbogen auf den Tisch, legten unsere Köpfe in die Handflächen und beobachteten Mas Rücken, spiegelten ihr Schweigen wider, warteten auf den nächsten Schritt, aber sie sah uns nicht an und gab auch keine Erklärung ab; sie rührte nur weiter im Topf. Das Telefon klingelte, als die Suppe aufkochte und zischte, es klingelte, als Ma die Brühe in drei Schüsseln gab und sie uns vor die Nase stellte, es klingelte, als wir Kinn und Nase in den Dampf hielten und die Zungen ausstreckten, um die heiße Luft zu probieren. Seit Wochen hatten wir nichts von unserem Vater gesehen oder gehört.

Ma riss eine Tüte Kräcker auf, schüttete sie auf einen Teller, knallte den Teller mitten auf den Tisch und sagte: »Was? Esst.«

Sie setzte sich zu uns und drehte den Stuhl zur Seite. Sie knöpfte ihre Arbeitsschuhe auf, streifte die Socken ab und massierte sich die Füße. Das Telefon klingelte direkt über und hinter ihrem Kopf. Sie wusste, wo Paps war, wusste um das Geheimnis seiner Dringlichkeit, aber sie wollte es uns nicht verraten. Die Fußmassage war ein schlechtes Omen, doch ihr Lächeln, als wir um Nachschlag baten, war noch schlimmer.

»Das war's«, sagte sie, lächelte krummzahnig und betrachtete ihre lackierten Fußnägel. »Mehr gibt's nicht.«

Vom gleichmäßigen Tempo des Klingelns in Trance versetzt, festgenagelt von der ewig gleichen Wiederholung, blieben wir noch eine Dreiviertelstunde am Tisch sitzen, fuhren mit den Fingern in unseren leeren Schüsseln herum, drückten unsere

Daumenspitzen auf den Kräckerteller und leckten die Krümel ab, lauschten gespannt, hofften, es würde nie aufhören zu klingeln. Paps war irgendwo, an irgendeinem Telefon, in einer Telefonzelle, oder er saß bei irgendwem auf der Bettkante, betrunken oder nüchtern, und es war laut und heiß oder kalt, er war allein, oder es waren noch andere da, doch jedes einzelne Klingeln brachte ihn nach Hause, brachte ihn direkt vor unsere Augen. Der Ton des Klingelns änderte sich, von verzweifelt zu anklagend zu etwas Traurigem, Langsamem, dann war es ein Herzschlag, dann die Ewigkeit – es hatte schon immer geklingelt, es würde immer klingeln –, dann war es das durchdringende Schlagen einer Alarmglocke.

Ma stand auf, hob den Hörer ab und legte ihn mit derselben schnellen Bewegung wieder auf – und einen Augenblick war da nichts, vielleicht sogar eine ganze Minute lang, lang genug, dass sich unsere Ohren und verkrampften Muskeln entspannten, lang genug, sich an etwas zu erinnern und ganz zu realisieren, was wir schon lange vermutet hatten: Stille war Absolution, Stille war dem Glück so nahe, wie wir ihm kommen konnten. Doch dann klingelte das Telefon wieder und wieder und wieder.

»Was, wenn er einen Herzanfall hat?«, fragte Manny.

»Welches Herz?«, sagte Ma.

»Ich geh dran«, sagte Manny, und ohne auch nur eine Sekunde zu zögern, nahm unsere Mutter seine Schüssel und schmetterte sie auf das Linoleum.

Das Telefon klingelte weiter.

Ma schickte uns raus, Manny schloss sich in unserem Zimmer ein, also versteckten Joel und ich uns im Kriechkeller, wo wir Eisstiele anspitzten und uns auf die Schlacht vorbereiteten. Im Kriechkeller klangen die Schritte noch viel lauter, die Stimmen waren gedämpft, und es gab kein Telefon.

Paps kam schließlich wieder nach Hause, und es donnerte und trampelte über uns, sie jagten einander und schmissen Möbel um. Ihre Schreie und Flüche drangen nicht als Wörter zu uns, sondern als weiche, stumpfe Schläge. Schließlich stieg einer von ihnen ins Auto und fuhr davon, dann nichts, Stille, das leichte Scharren eines Besens.

Wir krochen noch weiter in den Keller, so weit wir konnten, bis an die Betonziegelwand. Dort entdeckten wir einen Haufen alten Krempel, eine Flickenbörse aus knarzendem Kunstleder, eine kaputte Schreibmaschine und unser altes gelbes Telefon. Joel drehte an der Wählscheibe.

»Dring-dring«, machte er.

Ich nahm den Daumen zum Hören und den kleinen Finger zum Hineinsprechen.

»Wer ist da?«

»Mami, warum gehst du nicht ans Telefon, wenn ich anrufe?«

»Weil du dich hässlich anhörst!«, sagte ich, und wir mussten beide lachen.

Ich schnappte das Telefon und wählte.

»Yo, yo, was gibt's?«

»Frau, hier spricht dein Mann, als benimm dich gefälligst anständig.«

»Was willst du von mir?«

Ich starrte den Hörer in meiner Hand an; mir fiel absolut nichts darauf ein, also nahm Joel das Telefon und rief mich an.

»Ja, bitte?«

»*Dígame*, Mami«, sagte er. »Sprich mit mir.«

»Ich vermisse dich, bei der Arbeit, in diesen verdammt langen Stunden, ich vermisse dich ganz furchtbar.«

»Ich weiß, Mami, ich weiß.«

Wir legten beide auf; wir lachten nicht mehr, sahen uns nicht an, grinsten aber. Nach einer Weile rief Joel mich an.

»Hallo?«

»Ich hab Arbeit!«

»Du hast *Arbeit*?«

»Ja, Liebling, ab jetzt wird alles gut, einfach nur gut.«

Wir legten beide auf, aber ich rief sofort zurück.

»Tut mir leid.«

»Ach, Baby, nein«, sagte Joel. »Mir tut's leid.«

Beim nächsten Anruf von Joel machte ich meine Stimme sexy.

»Hallo, du«, sagte ich.

»Selber du«, sagte er, und wir wurden beide rot und legten auf.

Ich rief Joel an.

»Hallo?«

»Was machen wir denn jetzt?«

»Was meinst du mit: ›Was machen wir jetzt?‹«

»Soll das ewig so bleiben?«

»Nein, Liebling, das bleibt nicht ewig so.«

»Und was machen wir jetzt?«

»Na, was immer nötig ist, was sonst«, antwortete Joel.

»Und was ist nötig?«

»Weiß ich noch nicht.« Joel spannte das Kabel wie Pfeil und Bogen und schoss.

Kommt gefälligst

Als Paps wieder zu Hause war, wollte er bei uns sein, alle fünf zusammen, immer. Er trieb uns in die Küche und gab uns große Messer, um Zwiebeln und Korianderblätter zu hacken, während er die trockenen Bohnen sortierte und Reis kochte, und Ma unterhielt sich mit ihm und roch an den Töpfen und zwinkerte uns zu.

Nach dem Essen steckte er uns alle in die Badewanne, ohne Schaum, nur fünfzehn Zentimeter graues Wasser und unsere nackten Hintern, unsere Knie und Ellbogen und unsere drei kleinen Penisse. Paps schrubbte uns kräftig mit einem seifigen Waschlappen ab. Er grub seine Fingernägel in unsere Kopfhaut, als er uns die Haare wusch, und warnte uns, wenn wir Shampoo in die Augen bekämen, sei das unsere Schuld, weil wir so herumzappelten. Wir machten Motorbootgeräusche, manövrierten Styroporstücke um Zahnstocher und Milchflaschendeckelinseln aus Plastik, und wir bemühten uns, tapfer zu sein, wenn er uns packte; wir versuchten, nicht zusammenzuzucken.

Ma beugte sich über das Waschbecken, linste in den Spiegel, zupfte sich die Augenbrauen und bog sich die Wimpern mit glänzenden Metallwerkzeugen. »Nicht so grob«, sagte sie, ohne ihn anzusehen, ohne auch nur zu zwinkern.

Sie trugen beide kein Oberteil; Ma hatte einen fleischfarbenen BH und eine schwere Baumwollarbeitshose an, Paps hatte sich das Hemd ausgezogen, um uns zu waschen. Wir konnten alles sehen – unsere Haut war dunkler als Mas, aber heller als Paps', Ma war zart und wendig, die Rippen zeichneten sich unter ihren Brüsten ab, Paps war muskulös, Muskeln und Sehnen an den Unterarmen, die Adern in seinen Händen, die lockigen Haare, die sich auf seiner Brust ausbreiteten. Er war wie ein Tier, unser Vater, kräftig und körperlich und instinktiv; seine Schultern breit und kurvig, wir alle, jeder Einzelne, auch Ma, hatten schon darauf gesessen und geritten. Mas Schultern waren klein und führten von ihrem winzigen Vogelhals weg. Sie war kaum größer als eins fünfzig und so leicht, dass selbst Manny sie heben konnte, und wenn Paps sie zerbrechlich nannte, dann meinte er manchmal, dass wir besonders auf sie achtgeben sollten, und manchmal, dass sie leicht zerbrach.

Paps stellte sich hin und pinkelte, und wir sahen seinen stämmigen, fleischigen Penis, sahen, wie dunkel seine Haut dort war, sahen den starken Urinstrahl, lang und laut und beißend. Ma drehte sich um; wir sahen, dass sie ihn beobachtete. Er zog den Reißverschluss zu, stellte sich hinter sie, schob seine Hände unter ihren BH, und Fleischhügel rollten und malmten zwischen seinen Fingern. Das machte uns ganz schwindlig, weil es Ma schwindlig machte, obwohl sie ihn davonschob. Sie spielten miteinander, und keiner wollte aus dem Bad gehen, keiner wollte kämpfen oder planschen oder den Augenblick zunichtemachen.

Paps lehnte an der Wand und sah zu, wie Ma sich wieder in ihr Geschirr zwängte; er grinste und knurrte. Wir beobachteten ihn, wie er zuschaute, wir sahen seinen Hunger, und er wusste, dass wir das sahen und verstanden. Er zwinkerte uns zu; er wollte uns wissen lassen, dass sie ihn glücklich machte.

»Das ist mein Mädchen«, sagte er und gab ihr einen Klaps auf den Po. »So eine gibt's nicht noch mal.«

»Die holen sich noch eine Lungenentzündung«, sagte Ma, also fischte Paps uns einen nach dem anderen aus der Wanne und rieb uns trocken. Er schnappte sich unsere Knöchel und rieb die Fußsohlen, und wir mussten uns zum Abstützen an seiner Schulter festhalten oder uns in eine Hand voll Afrolocken krallen. Er wischte mit dem Handtuch zwischen unseren Zehen, in unserer Poritze, unter den Armen, kitzelte uns, tat aber so, als würde er gar nicht begreifen, was denn daran so kitzlig wäre. Er rieb uns so lange die Köpfe trocken, bis sie schmerzten und uns schwindlig war.

War Paps mit einem von uns fertig, legte er unsere Handfläche auf seine. Zu Joel und Manny sagte er nichts, aber meine Hand hielt er ein wenig länger hoch, besah sie sich genau und nickte.

»Du bist gewachsen«, sagte er, und ich grinste, streckte den Rücken und hielt triumphierend die Schultern breit.

Ma und Paps unterhielten sich über unsere Körper und wie schnell wir uns veränderten; sie rissen Witze, sie müssten noch ein paar Jungs machen, um uns zu ersetzen. Wir schauten zu; sie sahen einander in die Augen, neckten und lachten; ihre Worte waren warm und weich, und wir schmiegten uns an die Sanftheit ihrer Unterhaltung. Wir alle waren zusammen im Bad, in diesem Augenblick, und nichts war falsch. Meine Brüder und ich waren sauber und satt und hatten keine Angst vor dem Großwerden.

Noch immer in Handtücher gewickelt, stiegen wir wieder in die leere Wanne, und unsere Eltern taten so, als würden sie es nicht bemerken. Wir sahen, wie sie so taten, und fanden es toll. Wir schoben den Duschvorhang zu, drückten uns aneinander und schauten uns mit weit aufgerissenen, wachen Augen an.

»He, warte mal«, sagte Paps in gespielter Überraschung, »wo sind denn die Jungs hin?«

Wir drückten uns die Fäuste gegen die Wangen, um nicht loszuprusten.

»Ach herrje«, sagte Ma. »Die sind einfach verschwunden.«

Wir drückten uns noch enger zusammen. Unsere Knie zitterten vor Anspannung. Sie würden uns finden. Vielleicht würden sie uns erschrecken, den Vorhang zurückreißen und »Hab euch!« rufen. Vielleicht würden sie uns packen und durchkitzeln; vielleicht würden sie sich anschleichen, auf den Wannenrand steigen und über den Vorhang linsen, bis wir es bemerkten. Vielleicht würden sie wie Dinosaurier brüllen, vielleicht würden sie uns verschlingen. Vielleicht würde Paps Joel unter einen und Manny unter den anderen Arm nehmen, und vielleicht würde Ma mich packen und mich im Kreis schwingen lassen, aber was auch immer, wir würden entdeckt werden, meine Brüder und ich, wie wir da zusammen kauerten; sie würden uns an sich reißen und uns hochheben und in die Arme nehmen und festhalten.

Aber dann suchten sie gar nicht nach uns; stattdessen fanden sie sich gegenseitig. Wir hörten sie knutschen und leise stöhnen, und nach einer Weile gingen wir in die Knie, hoben den Vorhang an und linsten darunter hervor. Ma saß auf dem Waschbecken, den Rücken am Spiegel, die Beine um Paps' Taille geschlungen. Sie fuhr mit ihren Fingern seinen Rücken hinauf und hinunter. Ihre Hände waren klein und leicht, und die lackierten Fingernägel zogen Furchen in Paps' Haut.

Seine Hände wirkten auf ihrem Körper riesig. Er packte sie an den Hüften, zog sie zu sich hin, schob sie von sich weg, stetig, heimlich, drückte gerade fest genug, dass seine Finger in ihren Seiten zu versinken schienen wie in Treibsand, und als ich ihr ins Gesicht schaute, schien es, als hätte sie Schmerzen, aber sie wirkte nicht ängstlich, so als wäre der Schmerz gewollt.

Wir sahen alles – dass Paps' Blue Jeans an der Stelle ausgeblichen war, wo er seine Brieftasche trug, die Muskeln seines Bauchs, dass Ma die Augen zu hatte, Paps aber seine offen, dass er sie biss, dass sie sich beide fest aneinanderklammerten, dass Mas Knöchel überkreuzt waren und sie die Zehen reckte. Ihre Beine umschlangen und ließen ihn los, und er lehnte sie so weit zurück, dass ihre Haut die Haut ihres Spiegelbilds berührte, wie das Foto, das ich mal von siamesischen Zwillingen gesehen hatte. Der Wasserhahn bohrte sich in ihren unteren Rücken, das muss ihr wehgetan haben, das alles muss wehgetan haben, weil Paps viel größer und stämmiger war, und er war grob zu ihr, so wie er es mit uns gewesen war. Wir sahen auch, dass es ihr wehtun musste, ihn zu lieben.

Paps lehnte Ma ganz weit zurück, ihr Haar kam durcheinander und spiegelte sich. Er biss ihr in den Hals wie in einen Apfel, und sie rollte den Kopf beiseite und entdeckte uns. Sie lächelte. Sie zog Paps' Kopf von sich fort und drehte ihn um, damit er uns auch entdeckte.

»Ich dachte, ihr seid verschwunden«, sagte er.

»Du solltest nach uns suchen«, sagte Manny.

»Ich glaub, ich hab was Besseres gefunden«, erwiderte Paps, und Ma schlug ihm gegen die Brust und schimpfte ihn einen Mistkerl. Sie machte sich von ihm los, rückte sich die Kleidung zurecht und strich sich die Haare glatt. Wieder wollte Paps sie am Hals küssen, doch sie entzog sich ihm.

»Hol meine Stiefel aus dem Schrank«, bat sie. »Bitte, Papi, ich bin schon zu spät.«

Wir seufzten und ließen uns auf den Po sinken, doch kaum war Paps aus dem Bad verschwunden, machte Ma das Licht aus, schloss die Tür, stieg zu uns in die Wanne und zog den Vorhang zu. Es war vollkommen dunkel; wir konnten sie nicht mal sehen, aber ihre Arme um uns spüren, und ihre Haare kitzelten meine nackten Schultern.

»Wir zeigen es ihm«, sagte Ma, und wir liebten sie in diesem Augenblick mit aller Kraft.

Wir hörten, wie er die Treppe hochstapfte. Wir hielten uns bereit. Dann lag seine Hand auf dem Türknauf, er hielt inne, und eine Sekunde lang schien es, als hätte er uns durchschaut, doch dann kam er herein, machte das Licht an, und wir stürzten hinter dem Vorhang hervor, drängten ihn auf den Flur hinaus und drückten ihn zu Boden. Ma hockte sich auf seinen Brustkorb, und wir kitzelten ihn überall. Er lachte aus tiefster Kehle, strampelte mit den Beinen und sagte: »Nein! Nein! Nein!«, lachte und lachte, bis er nur noch keuchte und ihm die Tränen in den Augen standen – doch selbst dann kitzelten wir weiter, bohrten ihm die Finger in die Seiten und kitzelten ihn an den Füßen, und alle lachten und machten so viel Krach wie nur möglich, doch keiner war so laut wie Paps.

»Nein! Nein! Nein! Nein!«, sagte er weinend und noch immer lachend. »Ich krieg keine Luft mehr!«

»Also gut«, sagte Ma, »es reicht.«

Aber es reichte nicht. Uns waren die Handtücher abgefallen, Blut pumpte durch unsere nackten Leiber, unsere Hände zitterten vor Energie, wir waren lebendig, und es war nicht genug; wir wollten mehr. Wir kitzelten auch Ma, piksten sie, und sie ließ sich auf Paps' Brust fallen und schützte ihren Kopf, und er schlang seine Arme um sie.

Dann gab Manny Ma einen festen Schlag auf den Rücken. Er klang so satt, dieser Schlag seiner flachen Hand auf ihrer Haut.

»Ihr solltet uns suchen«, sagte er.

Joel und ich erstarrten, warteten auf irgendwelche Anzeichen von Ärger, warteten darauf, dass Paps etwas tat, ihm drohte, ihn schlug, irgendetwas. Wir standen da, Schultern eingezogen, wach wie aufgeschreckte Katzen, aber nichts passierte. Wieder schlug ihr Manny auf den Rücken, noch immer nichts. Stille. Ma legte nur ihre Hände auf Paps' Handgelenke. Ihre Haare bedeckten ihre Gesichter. Und wir begriffen, dass wir das durften, dass es erlaubt war, dass niemand etwas sagen würde.

Joel trat gegen Paps' Oberschenkel, so fest er nur konnte.

»Ja«, sagte er, »du solltest uns suchen.«

Ich machte mit, wollte Paps treten, traf aber Ma; es fühlte sich weich und gemein und richtig an. Dann traten und schlugen wir alle drei gleichzeitig, und die beiden sagten kein Wort, rührten sich nicht mal; das einzige Geräusch war das von Haut und Aufprall und Atemzügen, und dann unser

Zorn: *Warum habt ihr uns nicht gesucht, warum tut ihr nicht das, was ihr sollt, uns suchen, warum nicht, weil ihr böse seid, böse, böse, böse, warum könnt ihr nicht was richtig machen, warum nicht, wir hassen euch, ihr sollt uns suchen, wir hassen euch, alle hassen euch, das nächste Mal kommt ihr gefälligst und sucht uns, das nächste Mal kommt ihr gefälligst.*

Wir schlugen immer weiter; wir durften sein, was wir waren, verängstigt, rachsüchtig – kleine Tiere, die sich an das krallten, was sie brauchten.

Nachtwache

Paps fand einen Job, musste aber auch nachts arbeiten, und weil Ma noch immer Nachtschichten in der Brauerei schob, wo es keinen Platz gab, um kleine Jungs zu verstecken, gingen wir unter der Woche mit Paps zur Arbeit und schliefen auf dem Boden vor den Automaten. Paps war der Sicherheitsmann, die Nachtwache.

Eines Nachts wachte ich schweißgebadet und in meinem Schlafsack ganz verdreht auf. Ich strampelte mich frei, stand auf und sah auf meine Brüder hinab, ihre Gesichter von dem Licht, das durchs Fenster fiel, ganz orange, die Kürbislaternenaugen ganz überschattet. Ich ging zu dem Schreibtisch hinüber, an dem Paps zurückgelehnt saß und in einen kleinen Fernseher starrte, Zigarette und Bierflasche in der schlaffen Hand kurz über dem Boden.

Ich fragte ihn, ob es bald Zeit sei, nach Hause zu gehen.

Paps gab sein Hundeknurren von sich und klackte mit den Zähnen, doch dann stellte er die Flasche weg und zog mich auf seinen Schoß. Ich legte mein Gesicht an seine Brust, und er fuhr mir mit der Hand die Wirbelsäule entlang, vom Hinterkopf bis zum unteren Rücken; das tat er immer wieder.

»Ich schlaf lieber im Bett«, sagte ich.

»Ich auch«, sagte Paps. »Ich auch.«

Von seinem Schoß aus konnte ich durchs Fenster schauen. Ein paar Meter entfernt an der Ziegelwand des Nachbargebäudes war eine einzelne orangefarben leuchtende Glühbirne in einen metallenen Gitterkäfig eingeschlossen.

»Warum steckt das Licht da in einem Käfig?«, fragte ich.

»Aus demselben Grund wie ein Vogel«, antwortete Paps.

»Was meinst du damit?«

»Damit es nicht wegfliegen kann.«

»Kannst du es aufsperren?«

»Was glaubst du wohl?«

Nach einer Weile schaltete Paps den Fernseher aus.

»Ich glaub, der Krach hat dich geweckt«, flüsterte er nah bei meinem Ohr, und ich nickte. Ich konnte die Muskeln an seiner Brust spüren, und darunter schlug sein Herz. Ich schlief ein.

Als ich wieder wach wurde, lag ich immer noch in Paps' Armen, aber er rüttelte mich, stellte mich hin und sagte: »Scheiße. Scheiße. Scheiße.«

Er ging zu Manny und Joel hinüber und stupste sie mit der Schuhspitze an.

»Auf«, sagte er. »Schnell.«

Meine Brüder stöhnten und versuchten, zur Seite zu rollen.

»Schnell«, brüllte Paps. »Wir sind spät dran!«

Noch bevor sie ganz aufgestanden waren, war Paps bereits auf die Knie gegangen und sammelte das Bettzeug zusammen, riss so heftig, dass Joel sich verfing und wieder hinfiel. Wir brachen in Gelächter aus, bis Paps Manny eine schallende Ohrfeige gab und Manny aufschrie. Dann waren wir still.

»Bring deine Brüder raus zum Wagen, legt euch unter die Decken und bleibt da, bis ich komme.« Er schüttelte Manny mit einem Arm vor und zurück. »*Entendies?*«

Als wir nach draußen kamen, war der Mann von der Morgenschicht schon da, Paps' Ablösung – größer als Paps und weiß. Er pustete in einen Styroporbecher, und der Dampf waberte in seine Richtung. Als er uns drei entdeckte, hörte er auf zu pusten und stellte den Becher auf eine niedrige Mauer, die den Bürgersteig vom engen Hof des Gebäudes trennte.

Von links nach rechts, von rechts nach links fuhr sein kalter, neugieriger Blick über unsere Gesichter, unsere Deckenhaufen, selbst unsere kleinen Gummischneestiefel. Niemand sprach ein Wort; nur Manny bewegte sich ein wenig, um sich die Wange mit der Decke zuzuhalten. Dann kam Paps und brach den Bann, drückte sich an uns auf der Treppe vorbei und streckte dem Mann die Hand hin, schüttelte sie einmal fest und sagte laut: »Morgen!«, direkt in sein Gesicht.

»Sind das deine?«

»Sagt jedenfalls meine Frau immer.«

Der Mann kauerte sich hin. Er runzelte die Stirn.

»Na, wenigstens seid ihr nur halb so hässlich wie euer Vater.«

Wir waren halb so hässlich, halb so dunkel, halb so wild. Erwachsene beugten sich andauernd vor und meinten, wir müssten dieses wohl von Ma und jenes wohl von Paps geerbt haben. Wir drei schauten über den Mann hinweg zu Paps, der einfach nur dastand. Er warf uns einen Blick zu, den wir schwer deuten konnten, aber er war ernst, sehr ernst.

»Was ist das denn alles?«, fragte der Mann und zupfte an einer Ecke meines Schlafsacks.

Ich sah Joel an, der neben mir stand; Joel sah Manny an.

»Hör mal, Mann«, sagte Paps. »Lass uns reden.«

»Hat euer Dad euch auf dem Boden schlafen lassen?«

»Ich sagte, lass uns reden.«

Der Mann erhob sich zu voller Größe.

»Reden?«

Paps griff in die Tasche, zog die Autoschlüssel heraus und legte sie auf Mannys Bündel. »Bring deine Brüder ins Auto«, sagte er leise, »und lasst nichts fallen.«

Er drehte sich zu dem Mann um und sagte: »Was denn? Du kannst mit meinen Kindern reden, aber nicht mit mir?«

Wir quetschten uns vorn in den Wagen, knieten auf dem Beifahrersitz, stellten unsere Ellbogen auf das Armaturenbrett und stützten unsere Köpfe mit den Händen. Wir linsten durch die Scheibe zu der Treppe hinüber, wo Paps und der andere Mann rauchten und gestikulierten. Paps zielte mit einem Finger auf den Mann oder auf uns im Wagen oder in den Himmel, und der Mann hielt meistens seine Hände fest, drehte die Handflächen nach oben, drückte sie an seine Brust und schob die Luft von sich fort. Rauch und Qualm stiegen aus ihren Mündern, und der Kaffeebecher stand unberührt auf der niedrigen Mauer.

»Paps knallt ihm eine, was wetten wir?«, fragte Manny.

»Schaut euch den Kerl an«, sagte Joel. »Der Mann da will keinen Kampf.«

»Er ist eingeschlafen«, sagte ich.

»Wer?«

»Paps. Er ist eingeschlafen.«

Joel und Manny hörten auf, um die beste Position zu rangeln, und besahen sich Paps genauer.

»Ist nicht unsere Schuld, oder?«, fragte Joel.

»Ein bisschen«, antwortete Manny. »Ein bisschen ist's immer unsere Schuld.«

Paps ging zum Kaffeebecher des Mannes und haute ihn runter, holte weit aus, so als wollte er ihn weit wegschleudern. Wir sahen, wie die braune Flüssigkeit in einem Bogen herausspritzte und auf das Pflaster platschte. Der Mann sah Paps mit zusammengekniffenen Augen an, schüttelte den Kopf, spuckte auf den Boden, ließ ihn stehen und ging hinein.

Als Paps die Wagentür öffnete, waren Manny und Joel schon auf den Rücksitz geklettert und hatten sich angeschnallt, versuchten, sich unsichtbar zu machen, doch Paps drehte sich um, packte Mannys Haare und sagte: »Schlüssel!«

Manny gab ihm die Schlüssel.

»Wenn ich sage los, dann geht ihr auch los, verstanden?«

Keiner antwortete.

Er ließ Manny los, drehte sich zu mir um, kniff mich am Kinn und bohrte seine Finger in meine Wange. »Verstanden?«

»Ja, Sir.«

Wir fuhren schweigend nach Hause, und jeder von uns fuhr mit den Fingern über die beschlagenen Scheiben. Als wir fast da waren, hatte Manny den Mut zu fragen: »Wirst du jetzt gefeuert?«

Paps lachte – ein schnelles, hässliches Bellen.

Manny versuchte es noch mal.

»Was hat denn der Mann überhaupt zu dir gesagt?«

»Was glaubst du wohl?«

Paps schlug gegen das Autodach. Der Krach schreckte uns auf, und wir rechneten mit noch Schlimmerem, doch nichts geschah.

»Mann, das sagt er immer – ›Was glaubst du wohl?‹«, sagte Manny mit zu lauter, höhnischer Stimme, aber Paps schien ihn nicht zu hören; er fuhr weiter.

»Ja«, sagte ich. »Das hat er letzte Nacht auch gesagt. Bei dem Licht.«

»Was für Licht?«

»Das Licht in dem Käfig vor dem Fenster. Ich fragte, ob er es befreien kann, und er hat gesagt: ›Was glaubst du wohl?‹«

Joel dachte lange darüber nach, hatte wie ein richtiger Grübler eine Hand unter den Arm geklemmt, die andere unterm Kinn. »Und was glaubst *du?*«, fragte er.

»Darum geht's doch gar nicht«, sagte Manny.

»Ich wette, er kann es befreien«, sagte Joel zu uns beiden. Er packte die Rückenlehne des Fahrersitzes, beugte sich vor und fragte Paps: »Ich wette, du kannst das Licht befreien, oder, Paps?«

Paps räusperte sich und schluckte schwer, sagte aber nichts.

»Sicher«, sagte ich und beugte mich zu Joel. »Das kannst du doch, Paps, oder nicht?«

»Klar kann er das«, schloss sich uns Manny an. »Niemand hat je behauptet, dass du das nicht kannst, Paps. Das hat keiner behauptet.«

Paps machte komische Geräusche, ein Pfeifen, Luftschnappen. Er donnerte mit der Handfläche aufs Armaturenbrett, dann machte er eine Faust und schlug richtig kraftvoll zu, aber langsam und stetig, so als würde er einen Nagel einschlagen. Schließlich fiel er in einen Dreierrhythmus, eher wie auf einem Schlagzeug, und donnerte den Takt zu einer Musik, die nur er hörte. Er wischte sich den Rotz von der Nase und die Tränen aus den Augen, hämmerte aber immer weiter.

Rums. Rums. Rums.

»Weint er?«, fragte Joel flüsternd.

»Was, mit der Faust?«

Es kam uns nicht wie Weinen vor, eher wie etwas anderes, Schlimmeres als Weinen; gleichmäßiger, aber keiner von uns hatte ihn je weinen sehen, also waren wir uns nicht sicher – und Paps sagte kein Wort, nur meilenweit: rums, rums, rums. Als wir dachten, er würde aufhören, machte er weiter; als wir dachten, er würde etwas sagen oder schreien oder fluchen, blieb er stumm. Sein Atem beruhigte sich ein wenig, aber Wasser und Rotz flossen, dazu das Pfeifen, das Luftschnappen.

Nach einer Weile war das Hämmern, das erst so unheimlich gewesen war, einfach da, und noch eine Weile später schlug Joel mit der eigenen Faust gegen die Scheibe, im Takt mit Paps.

Rums. Rums. Rums.

Dann klopfte Manny gegen die Scheibe, auch im Takt. Paps drehte sich nicht um, kümmerte sich gar nicht um uns; er hämmerte einfach weiter, also haute ich auf die harte Plastikarmlehne in der Mitte, und es fühlte sich an, als würden wir etwas bauen, eine Sippe – wir vier gemeinsam, wir vier, gemeinsam wütend und schwindlig und schlagverrückt, gemeinsam.

Als wir in unsere Straße bogen, probierten wir drei Wörter zum Takt der Schläge aus.

»Nie mehr arbeiten!«, sagte Manny.

»Nie mehr Boden!«, sagte ich.

»Nie! Mehr! Kaffeebecher!«, schrie Joel, und wir brachen in Gelächter aus; selbst Paps musste kurz überrascht prusten.

Wir kullerten über den Rücksitz, schlugen uns auf die Oberschenkel, versuchten »Nie mehr Kaffeebecher« zu rufen, aber wir verschluckten uns vor Lachen an den Wörtern, wir lachten so sehr, bis Manny sagte: »Stopp, stopp. Ich kann nicht mehr. Muss schon weinen.«

Joel antwortete, indem er »Nie mehr weinen!« gegen die Scheibe klopfte. Bald hämmerten wir alle mit.

»Nie mehr weinen! Nie mehr weinen!«

Wir brüllten die ganze Straße entlang bis in die Einfahrt, die Treppe hinauf ins Haus, Ma war schon zu Hause und hatte sich ausgezogen, um schlafen zu gehen, und kam jetzt in BH und Schlüpfer an die Schlafzimmertür, rieb sich die Augen und fragte, was zum Teufel denn los sei; wir brüllten und hämmerten gegen die Wände, wir schlugen auf den Beistelltisch vor der Couch, auf die Paps sich fallen ließ und die Hände vor die Augen hielt. »Nie mehr weinen! Nie mehr weinen!«

Ma versuchte, über den Lärm hinwegzubrüllen; immer wieder fragte sie, was passiert sei, rief Paps beim Vornamen, er solle ihr sagen, was zum Teufel denn los sei, setzte sich zu ihm, legte ihm den

Handrücken vor die Stirn und sagte dann zu uns: »Er ist nur müde, nur müde, das ist alles«, und dann sah sie ihn an und fragte: »Du bist doch nur müde, oder?«

Paps hielt seine Hände weiter vor die Augen; so sprach er auch.

»Wir werden dem nie entkommen«, meinte er. »Niemals.«

Wir wussten nicht, mit wem er sprach, aber wir verstummten. Unser Hämmern wurde zu leisem Klopfen auf dem Tisch; wir riefen weiter, aber es war nur noch ein Flüstern und machte keinen Spaß mehr.

»Redest du von Flucht?«, fragte Ma.

»Niemand«, sagte Paps. »Wir nicht. Die nicht. Niemand entkommt jemals alldem hier.« Er hob den Kopf und holte mit dem Arm aus. »Dem hier.«

Schließlich verstummten wir.

Ma stand auf, packte seine ausgestreckte Hand und versteckte sie zwischen ihren Händen.

»Wage es nicht«, sagte sie mit einer Stimme, fester, als wir sie kannten. »Wage es ja nicht.«

Monsterpimmel-Pick-up

Paps fuhr zum Autohändler, und wir drei hielten den ganzen Nachmittag auf dem Rasen vor dem Haus Ausschau, zupften die gelben Löwenzahnköpfe ab, strichen mit ihnen unsere Arme entlang und malten uns golden an, während wir auf seine Rückkehr warteten.

Unser alter Wagen war am Vorabend verreckt, auf dem Heimweg, nachdem Paps Ma bei der Arbeit abgesetzt hatte. Der Motor hatte einfach den Geist aufgegeben, mitten im Regen auf dem Highway. Paps hatte immer wieder aufs Lenkrad gehämmert, sein Faustweinen, hatte auf Englisch, dann auf Spanisch geflucht, dann hatte er den Kopf einfach auf die Hände sinken lassen, lange nichts gesagt, sich die Augen gerieben und tief Luft geholt. Nach einer Weile suchte er herum und fand auf dem Boden des Wagens ein paar Plastiktüten. Er band sie uns um die Köpfe, und wir stiegen sehr vorsichtig aus und gingen den Seitenstreifen entlang, wurden vom Spritzwasser der Sattelschlepper durchnässt, bis endlich jemand, eine Frau, anhielt und uns mitnahm.

Nachdem wir eingestiegen waren und Paps ihr mehrmals gedankt hatte, drehte er sich um und sagte zu uns: »Morgen. Morgen gehe ich zum Autohändler, und wir kriegen ein neues Auto.«

Wir glaubten ihm nicht, aber die Frau schon; sie hielt das für eine gute Idee, und sie reckte den Hals und blickte in den Rückspiegel, um zu sehen, welche Gesichter wir machten.

Am Morgen aber willigte Ma ein: Wir bekamen tatsächlich ein neues Auto, sofort.

Jetzt warteten wir auf dem vorderen Rasen. Manny hatte ein Fernglas aus Plastik, Joel hockte oben im Baum und log uns was vor, er könne bis zum Autohändler sehen. Ein Pick-up bog um die Ecke, und Manny flüsterte: »Da ist er.« Er sagte das so leise und deutlich, dass wir wussten, jetzt verarschte er uns nicht, also rannten wir los, zogen uns gegenseitig an den Ärmeln, stolperten übermütig.

Als Paps uns kommen sah, fing er an zu feiern, er rief und johlte, aber er hatte die Fenster zu, also hörten wir nicht, was er sagte; wir schauten nur zu, wie die Adern an seinem Hals anschwollen und sein Mund auf- und zuklappte wie bei einer Marionette. Er bremste ab, bis der Wagen nur noch kroch, rollte die Seitenscheibe herunter, und wir liefen nebenher.

»Also, Jungs«, sagte er, »lernt das neue Familienmitglied kennen.«

»Niemals!«, kreischten wir. Ein paar Kinder aus der Nachbarschaft schlossen sich uns an. Unser Vater kroch weiter im Schneckentempo auf das Haus zu, strahlte stolz, und wir Kinder umringten den Pick-up und sprangen wie schlecht erzogene Hunde an ihm hoch, um einen Blick ins Innere zu erhaschen.

Als Paps den Motor abstellte und zur Wagentür hinaus auf die geschotterte Einfahrt glitt, untersuchten schon mindestens ein halbes Dutzend Kinder das Auto, kletterten auf die Ladefläche, klappten das Handschuhfach auf, fuhren mit den Händen über das Leder.

Der Pick-up war kobaltblau, hatte eine Sitzbank und einen dünnen, über einen halben Meter langen Schaltknüppel, der aus dem Boden ragte. Alles war schnittig und neu, das dicke schwarze Gummi der Reifen und das blitzende Chrom der Stoßstangen. Die mächtigen Seitenspiegel standen ab wie Elefantenohren. In unserem Block gab es sieben weitere Pick-ups, aber unserer war der fieseste. Sofort fingen meine Brüder und ich an, die anderen Kinder herumzuscheuchen. »Nimm deine Fettfinger von der Scheibe«, sagten wir. »Nur wir Jungs dürfen auf den Fahrersitz.«

Ma kam aus dem Haus und stand auf der Treppe, sie wirkte müde und angesäuert. Ihre Augen waren rot, die Lippen fest zusammengepresst, fast nach innen gezogen. In der Hand hielt sie ihre Arbeitsschuhe, dann ließ sie sie vor sich fallen und setzte sich auf die erste Stufe.

»Und, Mami?«, fragte Paps.

»Wie viele Sitze hat er?«, sagte sie, nahm einen Schuh und zerrte am Schnürsenkel.

»Das ist ein Pick-up«, murmelte Paps. »Der hat keine Sitze, der hat eine Bank.«

Ma lächelte den Schuh böse an, sie blickte nicht auf, sah nichts anderes an als den Schuh. »Wie viele Sicherheitsgurte?«

Die Nachbarskinder kletterten aus dem Wagen und schlichen davon, und all die Aufregung verschwand mit ihnen wie Wasser bei Ebbe.

»Was bist du denn so?«

»Ich?«, fragte Ma und wiederholte dann die Frage: »Ich? Ich? *Ich*?« Jedes *Ich* war lauter und wütender als das vorige. »Wie viele Kinder hast du, verdammt? Wie viele Kinder und eine Frau, und wie viel Geld verdienst du? Wie viel verdienst du, um diesen Pick-up abzuzahlen, wenn du den ganzen Tag auf dem Hintern hockst? Dieser Scheiß-Pick-up hat noch nicht mal genug Sicherheitsgurte für deine Familie.« Sie spuckte in Richtung der Einfahrt. »Dieser beschissene Monsterpimmel-Pick-up.«

Paps tat einen großen Schritt auf sie zu und gab ihr eine Ohrfeige, doch Ma schrie ihn weiter an, direkt ins Gesicht: »Monsterpimmel-Pick-up! Monsterpimmel-Pick-up!« Hals und Wangen waren knallrot, sie war in Tränen aufgelöst, wütend, löste den Pferdeschwanz ihrer Haare und trommelte Paps auf die Brust, bis er schließlich eine Hand vor ihren Mund legte und sie mit dem anderen Arm an sich zog, an sich drückte und sagte: »Schsch, Mami, schsch.«

Sie kämpfte gegen seinen Griff, stöhnte, bis er sagte: »Okay. Du hast gewonnen«, und das eine Million Mal wiederholte. »Du hast gewonnen. Du hast gewonnen. Ich bin hier, ich hab's kapiert, du hast gewonnen«, und schließlich hatte sich Ma müde gekämpft, hörte auf, sich zu wehren, ihr Gesicht beruhigte sich, und eine Hand rieb die Stelle, wo sie geschlagen worden war.

Meine Brüder und ich sahen uns enttäuscht an; wir wollten den Pick-up behalten.

»Wenn sie nicht reinpasst«, sagte Manny, »muss sie ja nicht mitfahren.«

Paps kniff die Augen zusammen und warf uns einen bösen Blick zu.

»Ich bring den Pick-up morgen zurück«, sagte er und hielt Ma so weit von sich fort, dass er ihr in die Augen schauen konnte. »Ich besorge uns einen beschissenen Minivan, wenn du willst, Mami. Ich besorg dir so'n Auto, wie's ne fette Alte fährt. Willst du das, ne fette Alte sein?«

Wir lachten. Selbst Ma musste lächeln.

»Aber heute Abend haben wir einen Pick-up, also werden wir heute Nacht rumfahren, okay?«, sagte er. »Wir machen eine Tour, die wir nie vergessen werden, und danach reden wir immer von dem Tag, an dem wir einen Pick-up hatten.«

Ma willigte nicht sofort ein, aber nach dem Abendessen ging sie ins Schlafzimmer und kam in ihrem roten Kleid und ihren goldenen Ohrreifen wieder heraus, und meine Brüder und ich holten unsere Plastikgewehre aus der Garage und sprangen hinten auf. Wir hatten kein bestimmtes Ziel, also fuhren wir sanft wie nichts durch die Nacht. Wir fuhren durch die Nachbarschaft, dann raus aus der Stadt, über Nebenstraßen, an Maisfeldern vorbei. Ma vorn kuschelte sich eng an Paps, legte ihren Kopf auf seine Schulter, und der Fahrtwind warf ihre Haare um sie beide, wir Jungs hopsten hinten auf der Ladefläche, zielten mit unseren Gewehren nach den Sternen und schossen sie ab, einen nach dem anderen.

Enten

Paps kam mit müden Augen und blutroten Ohren nach Hause und drängte sich an Ma, drückte sie gegen die Küchentheke, küsste sie und kniff sie an verschiedenen Stellen, und Ma, die gerade in die Brauerei gehen wollte, sagte: »Stopp, stopp, stopp.«

Aber Paps hörte nicht auf; er legte seine Arme um ihre Taille und zog sie zum Schlafzimmer. Sie schleifte mit den Füße hinterher, versuchte, sich an der Theke festzuhalten, an der Wand, dem Türrahmen, und sagte: »Stopp, Süßer, ich mein's ernst«, und ihre Stimme wurde leiser und tiefer, »stopp«. Er hob ihre Füße vom Boden und zog sie die Treppe hinauf, verlachte ihren Zorn. Sie hielt sich am Geländer fest, und er zerrte so lange von hinten an ihr, bis sie losließ. Er konnte ihr Gesicht nicht sehen, wir schon. Ihre Augen suchten wild und verzweifelt nach Halt, und für einen Augenblick sah sie uns mit diesem Flehen an – sie brauchte Hilfe, aber wir standen nur da, außer Reichweite, sahen zu. Dann wurde ihr Gesicht flach und beruhigte sich ein wenig; sie lächelte sogar ein kleines trauriges Lächeln. Was sahen wir dort? Enttäuschung? Verzeihen? All das war im nächsten Moment vorüber, nur ganz kurz, dann trat Paps die Tür zu.

Wir Jungs holten unsere Decken aus den Betten und die Polster von der Couch und bauten uns ein Nest vor dem Fernseher. Wir wollten nicht oben schlafen. Wir schliefen mit dem blauen Geblitze auf den Augenlidern ein, und das Stöhnen und Flüstern der spätnächtlichen Werbung erfüllte unsere Träume.

Ma ging schließlich zur Nachtschicht und kam wieder heim. Sie rüttelte uns wach und sagte: »Steigt in diesen Pick-up und fragt nicht. Für Fragen habe ich keine Zeit.«

Ma nannte ihn »diesen Pick-up« oder »den Pick-up eures Vaters«; Paps hatte den Wagen nicht wie versprochen zurückgegeben, und wir wussten, das würde er auch nie tun.

Wir fuhren zu einem Park, wo es ein mit Stufen umgebenes weißes Gartenhaus gab und umgedrehte Kanus, die halb im Fluss lagen. Es gab Schaukeln mit schwarzen Gummisitzen, von denen die meisten kaputt an ihren Ketten in den Schlammfurchen darunter baumelten. Es gab eine breite, fleckige Wiese vom Wasser bis hoch zur Straße, und unser Pick-up stand halb auf dem Gras und halb auf dem Seitenstreifen. Es gab keine Kinder; die waren alle in der Schule.

Auf der Ladefläche des Wagens standen Müllsäcke, prall gepackt mit unseren Sachen, das weiße Plastik spannte sich zu einer milchigen Durchsichtigkeit, und hier und da waren sie von den Kanten von Briefen, Umschlägen und Bildern durchstochen. Ma hatte sich in der Kabine auf die Bank gelegt und gesagt, sie brauche ein Nickerchen, hatte sich gegen das Tageslicht einen Unterarm über die Augen geschoben – und überall auf der Wiese lag Tau, zersplitterte die Sonne in Lichtflecken, eine Million Babysonnen, die sich an das Gras klammerten.

Wir drei Jungs trampelten im Park herum, den Pick-up immer im Auge. Wir entdeckten einen Schössling, der von einem Hühnerdrahtgeflecht geschützt war, und wir bogen den Baum bis zum Boden, bis er fast am Fuße des Stamms abbrach – das gelbe Fleisch in der Rinde war feucht und traurig. Zwei taten sich gegen den Dritten zusammen, dann wechselte plötzlich einer die Seiten, ein neuer Bruder wurde gepiesackt und ausgestoßen, dann ein weiterer Verrat und noch einer. So verbrachten wir den langen Morgen und die frühen Nachmittagsstunden und sprachen nichts anderes aus als Drohungen und Abfälligkeiten, sagten: »Ach ja?«, und fluchten. Wir redeten nicht darüber, was als Nächstes passieren könnte; wir waren harte, mutige Jungs.

Auf der Wippe hielt mich Joel in der Luft als Geisel.

»Lass mich runter«, sagte ich.

»Du Mädchen, ich lass dich nie wieder los«, sagte Joel – dann tat er es doch. Er sprang ab und ließ mich zu Boden knallen. Mein Steißbein bäumte sich auf, vibrierte, drohte zu explodieren. Trotzdem stieg ich wieder auf und sagte: »Versprochen, du machst das nicht noch mal?«

Joel versprach es.

Und wieder.

Und wieder.

Wir kämpften uns am Flussufer vor, bahnten uns einen Weg durch das Brombeergestrüpp. Weiter vorn gab es eine Stelle, wo der Highway den Fluss überquerte, und wir beschlossen, die steile Böschung hinaufzusteigen. Die Erde war locker, und es gab nicht viel, woran man sich festklammern konnte, aber wir schafften es bis nach oben, Joel schob von hinten, Manny zog von vorn, nachdem er oben angekommen war. Wir gingen hintereinander die große vierspurige Straße entlang, halb über die Brücke, dann setzten wir uns so, dass unsere Beine über die Kante baumelten und unsere Arme auf dem Geländer lagen. Wir konnten die Luft in unseren Nacken spüren, wenn die Autos vorbeischossen und summten. Die Leute hupten und brüllten aus den Fenstern, wir sollten gefälligst verschwinden, eine Frau hielt im Unkraut auf der anderen Seite der Überquerung an und rief, dass das kein Sitzplatz für kleine Jungs sei. Wir kümmerten uns nicht um sie, aber sie kam unsicher auf uns zu und bot uns an, uns hinzufahren, wohin wir wollten. Wir lehnten höflich ab und sahen auf unsere Füße, aber sie bestand darauf, dass sie uns nicht guten Gewissens einfach da sitzen lassen könne, bis Manny schließlich aufstand und sagte: »Hör mal, du Schlampe«, und ein Stück Asphalt hochhob, dann schlossen sich Joel und ich ihm an, und wir sagten: »Schlampe, Schlampe«, und griffen uns, was immer wir fanden. Die Frau ging rückwärts zu ihrem Wagen.

Als wir in den Park zurückkehrten und nachschauten, ob Ma noch immer im Pick-up schlief, fragte Joel: »Was zum Teufel machen wir hier?« Aber die Frage kam gar nicht an, er hatte nur ganz leise gemurmelt, und sie war sowieso dumm.

Wir drehten ein Kanu um, banden es an einen Baum und stiegen hinein. Wir lauschten dem sanften Plätschern des Wassers, spürten den leichten Druck der Nachmittagssonne auf unseren Gesichtern und schliefen ein. Wir wachten zu dem Geräusch von

Brezeln auf, die den Fiberglasboden des Kanus trafen und in den Fluss rings um uns platschten. Enten kamen herbeigepaddelt und schnappten sich stumm die Brezelstückchen aus dem Wasser. Ma saß auf einer Bank, lächelte uns an, dann lachte sie.

»Ich hab schon gedacht, man hätte euch gekidnappt!«, rief sie, griff in ihre Tasche und schmiss noch mehr Brezeln in unsere Richtung. Wir flatterten mit den Ellbogen und quakten, und sie versuchte, uns die Brezeln in den Mund zu werfen, aber sie war nicht besonders gut darin, uns zu füttern.

»Auf geht's!«, sagte Ma, und wir folgten ihr zurück zum Pick-up, schnatterten über den Tag, klatschten über all die gemeinen Dinge, die gesagt worden waren, und stritten uns darum, wer am Fenster sitzen durfte. Wir linsten in ihre Handtasche; sie war noch halb voll mit Brezeln, und wir fragten, woher sie die denn habe.

»Eure Mutter«, antwortete sie, »ist halt ziemlich einfallsreich.«

Es hörte sich komisch an, wie sie »eure Mutter« sagte, und eine Weile ließ ich mir den Glauben, ich hätte noch eine andere Mutter, die Ma half und ihr die Tasche mit Knabberzeug füllte.

Im Pick-up saßen wir vier, zerdrückten die Brezeln zu trockenem Brei und schlangen ihn mühsam runter, obwohl unsere Münder schon ganz trocken waren. Das war das Einzige, was wir den Tag über gegessen hatten.

»Spanien«, meinte Ma. »Ich wollte immer mal nach Spanien. Das könnten wir machen.«

Ich war mir ziemlich sicher, dass man mit dem Auto nicht nach Spanien fahren konnte, aber nicht ganz, und als Ma von Stierkampf sprach und dass alle Kinder so aussahen wie wir, mit braunen Locken, sonnengebräunt und schlank, und sie von Pflasterstraßen und dem Leben sprach, das wir führen würden, Brot aus Körben auf dem Markt verkaufen, hielt ich alles für möglich. Wir hörten zu, fügten hinzu, was wir wussten, und führten ein neues Leben.

Es wurde langsam dunkel, wir waren nirgendwo hingefahren, es brannte kein Licht im Pick-up, und die Dunkelheit weitete den Raum zwischen uns aus. Ma sprach immer weiter über Spanien; sie erfand den Namen für den kleinen Hund, den wir aufnehmen würden, einen Hund, der uns von der Schule nach Hause folgte, weil es in Spanien überall Hunde gab, die einem an den Knöcheln knabberten und um Futter bettelten.

Auf der Straße sprangen die orangefarbenen Birnen an. Die grünen Ziffern auf der Digitaluhr leuchteten auf. Ab und zu kam ein Wagen vorbei, doch sonst war es eine sehr ruhige Straße, und plötzlich war es dunkel. Die Laternenmasten waren T-förmig und erhoben sich wie Palmen, und die Lichtkreise, die sie warfen, waren kleine, einsame Inseln. Das dunkle Meer erinnerte mich an etwas, das Paps immer wiederholte: »Es ist leichter, unterzugehen, als zu schwimmen.« Den Spruch liebte er.

Die Unterhaltung erlahmte, und es gab Pausen, in denen wir uns voneinander distanzierten; vielleicht dachten wir an Essen oder versuchten herauszufinden, ob wir Angst hatten, und wenn ja, wovor, oder vielleicht dachten wir an Paps. Ma versuchte, weiterzureden, versuchte, all das – die Stille, den Hunger, den Gedanken an Paps – in Schach zu halten, aber ihr gingen die Wörter aus.

»Mal ehrlich«, fragte sie schließlich, »was sollen wir tun?«

Sie wartete.

»Wir können nach Hause fahren, aber das müssen wir nicht. Wir müssen nie wieder nach Hause fahren. Wir können ihn verlassen. Das können wir. Aber ihr müsst mir sagen, was ich tun soll.«

Keiner sagte ein Wort. Ich versuchte, weit entfernte Geräusche zu orten und zu erraten, worum es sich handelte – Tiere, Satelliten. Die Geräusche in der Nähe waren leicht; Ma, die sich an den Worten verschluckte, das Krächzen in ihrer Kehle, das kontrollierte Atmen meiner Brüder.

»Himmel«, flüsterte Ma, »glaubt ihr vielleicht, das ist einfach? Sagt was!«

»Was«, sagte Joel, und Manny streckte die Hand aus und boxte ihn.

Ma drehte den Zündschlüssel, und der Motor sprang sofort an. Wir nahmen denselben Weg zurück, den wir gekommen waren, und schließlich fuhren wir in die Einfahrt, waren daheim. Wir hatten schon einen Schrecken gekriegt, sie würde uns diesmal tatsächlich von ihm fortschaffen, waren gleichzeitig aber auch begeistert von der wilden Möglichkeit der Veränderung. Als wir nun das Haus sahen, als es ungefährlich war, sich enttäuscht zu fühlen, taten wir es. Ich konnte die Verbitterung im Schweigen meiner Brüder spüren; ich fragte mich, ob Ma sie auch spürte.

»Ich wette, ihr habt Hunger«, sagte sie. Wir erlaubten uns, nicht zu antworten; wir erlaubten uns nicht, hungrig zu sein.

Wortlos stieg sie aus und ging nach hinten, um unsere Müllsäcke auszuladen. Im Wohnzimmer brannte eine Lampe, aber die Vorhänge waren zugezogen. Ma warf die Tür zur Ladefläche zu, Paps tauchte im Fenster auf, teilte die Vorhänge, beschirmte mit einer Hand die Augen und lehnte am Glas. Das Licht im Haus war warm, umfing Paps und ergoss sich auf den Rasen, und als Ma die Tür öffnete, verschwand sie im Licht.

Wir Jungs blieben noch eine Weile im Pick-up sitzen, dann stiegen wir aus und gingen vom Haus fort auf die Straße.

»Ich dachte, es passiert wirklich was«, sagte Joel. »Ich dachte, wir fahren irgendwo hin.«

»Wir hätten diese beschissene Frau umbringen sollen«, sagte Manny. »Wir hätten ihre Schlüssel nehmen sollen und wegfahren.«

»Welche Frau?«, fragte ich, aber keiner antwortete mir.

»Scheiße, ja«, sagte Joel. »Wir hätten ihr den Schädel aufschlagen sollen. Wir hätten ihr Gehirn rauslöffeln sollen und die Stücke an die Enten verfüttern.«

»Welche Frau?«

»Hör sich mal einer dieses Baby an«, sagte Joel zu Manny. »*Welche Frau*? Wir haben den ganzen Tag nur zwei Frauen gesehen, die auf der Brücke und Ma. Oder zählst du dich mit?«

Manny lachte. »Ist doch egal, wer, der Punkt ist derselbe. Die Enten fressen kein Gehirn.«

»Klar tun sie das. Warum denn nicht, wenn sie hungrig sind?«

Ich versuchte, nicht zuzuhören. Ich fragte mich, ob jemand vorbeikommen und den Baum verbinden würde, den wir abgebrochen hatten, ein Parkwächter oder eine Art Doktor, der sich mit Adern und Wurzeln auskannte, jemand, der ihn wieder zusammenflicken konnte.

»Davon werden die krank und sterben.«

»Habt ihr euch die hässlichen Dinger angeschaut? Also, mir kamen die wie sauhungrige Enten vor.«

Manny blieb am Laternenmast stehen und drehte sich um. Er hatte die Arme verschränkt und den Kopf zur Seite gelegt – also verschränkte Joel ebenfalls die Arme und legte seinen Kopf auch zur Seite.

»Ich sag dir das jetzt«, erklärte Manny, »die Enten sind zu klug, um das Gehirn von dieser Schlampe zu fressen.«

Graben

Wir wachten auf und hörten Paps hinter dem Haus ächzen, keuchen, mit der Schaufel hacken. Wir drückten das Fenster im ersten Stock auf und lehnten uns schläfrig und verwirrt in den frühen Morgenhimmel hinaus, noch immer in Unterhosen, und unsere Haut hatte einen Ton von dunkler Sommerbräune. Wenn Paps aufgeblickt hätte, dann wären wir ihm wie ein Tier mit drei Oberkörpern vorgekommen, aber er blickte nicht auf, und wir riefen nicht hinunter.

In den letzten paar Wochen hatten wir uns aus einer Kiste mit abgelegten Sachen, die Ma von der Arbeit heimgebracht hatte, mit Tarnkleidung versorgt. Jemand war gestorben, einer von der Armee. Wir schnitten die Ärmel und die langen Hemdenschöße ab; wir trugen Cargoshorts als lange Hosen. Wir banden alles mit grünen Leinwandgürteln und Armeeschnallen zusammen. Da waren Käppis und Stirntücher und genau drei olivfarbene Netzoberteile, kleinste Größe, die sich eigentlich eng an den Körper schmiegten, doch wir waren ganz damit bedeckt, und die Ärmellöcher reichten uns bis zur Taille. Die Netzhemden waren uns am liebsten, als ob man gar nichts anhatte.

Manny schmierte uns eine Daumenspitze Schuhcreme unter die Augen, dann traten wir leise zur Tür hinaus, krochen am Haus entlang, glitten unter eine Hecke, Armeespione. In den letzten paar Wochen waren wir im Krieg gewesen.

»Er schaufelt ein Grab«, flüsterte Joel.

»Welches Grab?«, fragte ich.

»Nein«, sagte Manny, »das da ist ein Schützengraben.«

»Das ist kein Schützengraben«, sagte Joel. »Das ist ein Grab.«

»Aber von wem denn?«

»Woher soll ich das denn wissen? Mas Grab wahrscheinlich. Vielleicht auch deins.«

»Niemals«, sagte ich. »Das ist im Leben nicht mein Grab.«

Paps buddelte und buddelte schaufelweise Erde. Lehm klebte ihm am schweißigen Rücken und schmierte an Wangen und Stirn. Ächzen, keuchen, hacken. Die Erde wurde in dunklen, kühlen Placken abgetrennt. Er grub schneller und schneller, bis er schließlich die Schaufel beiseiteschleuderte, auf die

Knie ging und mit den Händen wühlte. Wir krochen unbemerkt heran, bis wir den wippenden Kopf und die Schultern sahen, während er Erde aus dem Loch warf. Er buddelte, bis er kaum noch Luft bekam und keuchend im Dreck zusammenbrach.

Wir gingen hin, standen am Rand und linsten in das Loch.

»Ich komme hier nie mehr raus«, sagte Paps. Die Erde war hinabgerieselt und hatte ihn braun bepudert, bis auf das Blut, das ihm von den Knöcheln und den Fingerspitzen lief, und den roten Mund, der eifrig leckte und Dreck ausspuckte und schwer schnaufte. Ich war nicht sicher, ob er damit meinte, er konnte nicht aus dem Loch heraus, das er gegraben hatte, oder ob er durch einen Tunnel vom Grundstück fliehen wollte, nach China vielleicht.

Joel musste wohl dasselbe gedacht haben, denn er fragte: »Wo willst du denn hin?« Aber Manny zwickte ihn ins Ohr und schimpfte ihn einen Volldeppen.

»Helft eurem alten Herrn mal raus, okay?«

Wir legten uns ins Gras neben dem Loch, packten ihn am Handgelenk und zogen und zerrten, aber er wollte nicht nachgeben. Stattdessen riss er uns zu sich runter und hielt uns da in seinen großen Armen, und wir lachten, schrien und zappelten. Wir traten gegen die Wände des Lochs, mehr Erde kam hereingerieselt, bis alle spuckten und würgten, aber niemand konnte raus – er war ein starker Mann, unser Paps, und er wusste genau, wie man uns alle drei gleichzeitig bändigte.

Als wir schließlich aus dem Loch herausgekrochen kamen, klopfte Paps sich den Staub aus der Kleidung. Wir folgten ihm ins Haus, schlichen uns an und klapsten ihm immer wieder auf den Po und schrien: »Da hast du einen Fleck vergessen! Da hast du einen Fleck vergessen!« Er drohte mit der Faust und holte ein paar Mal aus, aber er traf uns nicht.

»Seid brav«, sagte er. »Ich hol eure Mutter von der Arbeit ab.« Aber er musste wohl auf dem Weg zur Brauerei von irgendetwas abgelenkt worden sein, denn Ma kam Stunden später nach Hause – sie hatte die Nacht durchgearbeitet, jetzt war es kurz nach Mittag, und sie war allein und betrunken und stinksauer.

»Wo ist er? Wo ist der Pick-up?« Sie sah jeden Einzelnen von uns an, schaute in unsere ausdruckslosen Gesichter, dann schloss sie die Augen, lehnte sich an die Wand und glitt zu Boden. Sie schnürte ihre Arbeitsschuhe mit den Stahlkappen auf und schleuderte sie durchs Zimmer.

»Er hat einen Schützengraben gebuddelt«, sagte Joel.

Ma ließ sich Zeit damit, die weißen Socken auszuziehen. Kleine weiße Flusen klebten an ihren

Füßen, und sie pustete sie mit langen Atemzügen weg. Sie konzentrierte sich ganz auf diese Arbeit, so als würde sie eine zerbrechliche Mumie auswickeln. Sie krümmte und streckte die Zehen. Dann machte sie sich an die Knöpfe ihres schweren Baumwollherrenhemds mit dem gestickten Namensschild an der Brust.

»Einen Schützengraben?«

»Hinten.«

»Was wisst denn ihr von Schützengräben?«, fragte Ma und mühte sich mit den Knöpfen.

»Joel glaubt, es ist ein Grab«, sagte ich und spürte Joels Faust unten im Rücken.

Ma hielt inne und sah jedem von uns ins Gesicht. Ihre Hemdschöße standen auf, das Hemd war unten aufgeknöpft und öffnete sich zu ihrem Herzen hin.

»Nickerchen«, verkündete sie, »für alle. Sofort.«

Wir schliefen nicht. Wir lagen zu dritt in einem Bett, fächelten uns mit Papierfächern Luft zu, und unsere schwarze Schuhcreme schmolz vom Schweiß. Wir hörten Ma in der Küche, wie sie die Schranktüren auf- und zumachte. Joel riss Witze über ihre lackierten Fußnägel, ganz rosige Zehen, den ganzen Tag eingepackt in diesen Schweißsocken und den Arbeitsschuhen.

»Habt ihr gesehen, wie aufgeregt sie ist, nach Hause zu kommen und ihre Zehen wiederzusehen?«, fragte er. »Sie ist stolz auf ihre Zehen. Verrückt nach ihnen.«

Die Hintertür knarzte beim Öffnen, und wir traten ans Fenster. Wir wagten es nicht, uns hinauszulehnen, aber wir konnten Ma auch so gut sehen. Sie stand am Rand des Lochs, rauchte und sah hinein. Dann stieg sie runter und verschwand aus dem Bild; sie legte sich ins Loch, und kaum eine Minute später brach der Himmel auf, und es regnete – es goss, in Strömen floss der Regen über die Scheibe wie in einer Autowaschanlage.

»Als ob sie das mit Absicht macht«, flüsterte Manny.

»Was?«

»Es regnen lassen.«

»Ach, halt die Schnauze.«

»Das Loch ist verhext.«

Wir gingen ins Bad und schnappten uns zwei Handtücher vom Boden, dann setzten wir uns an den Küchentisch und warteten, bis Ma hereinkam, schlammverschmiert, Haare nass, an die Stirn geklatscht. Sie ließ ihre Kleidung auf das Linoleum fallen. Sie weinte nicht, und sie war nicht sauer, dass wir nicht im Bett waren. Sie nahm die Handtücher und bedeckte sich damit, dann folgten wir ihr ins Wohnzimmer, wo sie sich seufzend auf die Couch fallen ließ. Wir holten noch mehr Handtücher und wischten den restlichen Schlamm und das Wasser ab. Als wir keine Tücher mehr hatten, holten wir Papierservietten, bis Ma so sauber und trocken war, wie wir nur konnten, dann deckten wir sie mit einer Decke zu.

»Glaubt er vielleicht, ich nehme das einfach so hin?«, fragte sie, aber sie fragte nicht uns.

Wir saßen auf dem Boden vor der Couch, hatten die Knie an die Brust gezogen und forderten uns gegenseitig heraus, uns doch in das Loch zu trauen. Der Regen hatte nachgelassen, ein Sommergewitter, aber es war immer noch nass, und in unserer Fantasie hatte sich das Loch mit Würmern und Maden und ertrunkenen Maulwürfen gefüllt. Wir hatten beschlossen, Paps nicht in Mas Nähe zu lassen, heute nicht – wir hatten Plastikgewehre und Munition, wir waren Mas Miliz –, also konnten wir nur einer nach dem anderen zum Loch gehen.

Manny kam als Erster dran. Er kehrte schlammverschmiert zurück wie Ma, aber wir rührten uns nicht, um ihm beim Saubermachen zu helfen.

»Das ist ein Zauberloch«, sagte er grinsend. Er schüttelte sich wie ein Hund und besprenkelte uns mit Matsch. Joel glaubte natürlich kein Wort von Mannys Zauberlochquatsch, aber er blieb lange draußen, länger als Manny, und als er zurückkam, waren seine Sachen sauber.

»Hast du dich ausgezogen oder was?«, fragte Manny.

»Klar.«

»Und?«

Joel zuckte mit den Schultern. »Kann sein, kann ein Zauberloch sein. Wir werden sehen.«

Ich hatte es nicht so mit Matsch, und obwohl der Tag schwül und heiß war, dachte ich, der Schlamm in dem Loch müsse kalt sein, und das mochte ich auch nicht besonders, und Würmer – ich konnte einen Wurm sehen, und ich wusste, da waren noch mehr. Ich zog mich aus wie Joel, und als ich nackt war, konnte ich nicht mehr anders, ich musste hineinklettern.

Es war ein Grab. Es war mein Grab. Paps hatte mein Grab geschaufelt. Das waren meine ersten Gedanken, und als ich ganz drin lag, halb im Pfützenschlamm versunken, schossen mir Geschichten von Menschen durch den Kopf, die lebendig begraben worden waren – Erdrutsche, Schlammlawinen, Ersticken –, aber ich hatte einen Wunsch, also blieb ich liegen, um ihn mir zu wünschen. Ich konnte ein rechteckiges Stück Himmel sehen, umrahmt von den Wänden des Lochs, und dieser Himmel beruhigte mich ein wenig, die Wolken, das Blau; heute würde es nicht mehr regnen. Ich spürte eine große Entfernung vom Haus, von Ma auf der Couch und meinen Brüdern und Paps. Die Wolken schienen sich schneller zu bewegen als je zuvor, und wenn ich mich konzentrierte, wenn ich nur weit genug losließ, würde ein Verständnis in mir aufsteigen, und ich konnte meinen Körper täuschen, ich würde mich bewegen, und die Wolken standen still – und dann war ich mir sicher, ich bewegte mich, und das Loch war ein Zauberloch. Ich schloss die Augen und blieb still und rührte mich nicht, aber ich spürte die Bewegung, manchmal sank ich, manchmal schwebte ich davon, dehnte mich aus oder schrumpfte. Ich ließ zu, jeden Anker zu verlieren, und es verging sehr viel Zeit, bevor ich mir meinen Wunsch erfüllte.

Ihr Lachen holte mich zurück. Alle vier, Ma und Manny und Joel und Paps, wuchsen aus dem Schlamm über mir und wiegten sich vor Lachen wie Bäume. Meine Brüder packten sich an den Schultern und schüttelten und zeigten auf mich, weinten vor Lachen und sagten: »Schaut euch den mal an, schaut doch mal! Schaut euch mal das Baby an!«

Und Ma meinte, es sei okay. »Komm raus aus dem Schützengraben«, sagte sie.

Und Paps beugte sich vor und streckte die Hand aus, um mir zu helfen; er erklärte mir, der Krieg sei vorüber.

Mülldrachen

Wir gingen meilenweit, wir drei, kickten Schotter, schleiften Stöcke hinter uns her. Wir hatten uns davongeschlichen; wir suchten die Freiheit. Über uns ragten Äste in die Schatten, und der Himmel wurde dunkel, wickelte sich in ein Tuch aus dunklem Purpur. Es wurde kälter, und Joel und ich fragten uns laut, ob wir nicht vielleicht umkehren sollten.

»Das ist doch ein guter Weg«, sagte Manny, »alles bestens, wir sind sicher.«

Wir stießen auf ein leeres Feld, warfen unsere Rucksäcke ins Gras und errichteten unser Lager. Der Wind peitschte uns um die Ohren und riss Manny einfach eine Plastiktüte aus der Hand. Er hielt das für ein Zeichen und wühlte in unseren Vorräten herum, bis er eine große, dicht gewickelte Rolle Bindfaden und drei schwarze Plastiksäcke hervorzog. Wir machten uns Drachen: Müllsäcke an Bindfäden. Wir rannten, rutschten aus, die Knie unserer

Jeans waren grasfleckig, wir standen auf, rannten, erstickten halb vor Lachen, aber wir nahmen Fahrt auf, und unsere Mülldrachen hoben ab. Wir ließen sie vielleicht eine Stunde lang fliegen, bis der Tag ganz in der Nacht verschwand und sich alles Licht zurückzog, übrig blieben die Sterne und ein Fußnagelsplitter Mond und die Drachen schwarz auf schwarz. Dann ließen wir sie los, unsere Mülldrachen flogen wirklich davon – hoch und weit, himmelwärts, wie Gebete, und unsere Herzen jagten hinterher.

Paps kam knirschend die Straße entlang, die Suchscheinwerfer waren an – unsere Schlafsäcke und Rucksäcke und unsere beschirmten Gesichter wurden alle vom Licht eingefangen.

»Scheiße«, sagte Manny, »wir hätten im Wald schlafen sollen.« Aber wahrscheinlich hätte Paps uns sowieso erwischt. So war er; er wusste, mit welchen Tricks man Leute aufspürte, die nicht gefunden werden wollten.

Paps nahm an, dass das alles Mannys Idee gewesen war, weil Manny der Älteste war – und weil es ja wirklich Mannys Idee gewesen war. Er wartete gar nicht erst bis zu Hause, sondern verprügelte Manny gleich da auf dem Feld, die Scheinwerfer schoben die Nacht beiseite, warfen lange, wilde Schatten auf die Bäume, der Motor tuckerte, und die Fahrertür stand weit auf, sodass das Wageninnere perfekt beleuchtet war und ich aus sechs Metern die Motten heranflattern sehen konnte und wie sie aneinanderstießen. Paps drosch Manny richtig durch; Faustschläge ins Gesicht, in den Unterleib. Manny rastete aus, heulte und brüllte immer wieder: »Mörder!«

»Mörder!«, schrie er unseren Vater an, dabei war niemand tot. Er kam zu mir gekrochen, packte meinen Ärmel, sah mir in die Augen. »Mörder!«

»Aber wer ist denn tot?«

»Ich«, verkündete er. »Ich, ich bin tot! Und meine Kinder.«

Manny sagte andauernd so verrücktes Zeug, meistens zu mir, denn Joel hatte so eine Art, sich vor Verrücktem zu verschließen, aber ich bekam nicht heraus, wie ich Mannys Worte und Schreie nicht hören konnte, wie ich wegschauen konnte.

Später in der Nacht, wieder daheim, kurz vor Sonnenaufgang, kam also Manny in mein Bett gekrochen, weckte mich und erzählte mir, dass er von Drachen geträumt habe. Ein ganzer Himmel voller Drachen, und er hielt alle Schnüre in der Hand. Er erzählte mir, wie all die guten Drachen und die bösen durcheinandergerieten, wie er die guten festzuhalten versuchte, um den Rest davonfliegen zu lassen, doch nach einer Weile konnte er sie nicht mehr unterscheiden.

Ich sagte kein Wort. Wir lagen auf dem Rücken, berührten uns nicht, aber ich spürte, Manny hielt sich ganz eng, jeder Muskel war angespannt. Ich dachte, vielleicht würde er weinen oder schreien. Ich dachte, er würde auf mich klettern.

»Paps hat sich entschuldigt«, sagte Manny, »wegen der Fäuste. Er hat gesagt, er hat es mit der Angst zu tun gekriegt, dass uns was Schlimmes zugestoßen war.«

Er drehte sich zur Seite und sah mir ins Gesicht. Ich tat so, als würde ich gähnen; ich konnte seine Augen nicht auf mir ertragen.

»Ich hab gedacht, wir könnten abhauen«, flüsterte er. »Ich hatte mir alles ausgedacht – wie heute auf dem Feld, da war ich sicher, Gott würde sich die Drachen schnappen und uns hochheben, uns beschützen.«

Er nahm mein Kinn und drehte mein Gesicht zu sich.

»Aber jetzt weiß ich es«, fuhr er fort, »Gott hat all die Sauberen unter die Dreckigen gemischt. Du und ich und Joel, wir sind nichts weiter als eine Hand voll Samenkörner, die Gott in den Schlamm und Pferdemist geschleudert hat. Wir sind allein.«

Er legte einen Arm und ein Bein um mich und blieb eine ganze Weile stumm und still; ich schlief ein. Irgendwann fing Manny wieder an, sprach mit sich selbst, schmiedete Pläne, sagte: »Also, was wir tun müssen, wir müssen eine Möglichkeit finden, die Schwerkraft umzukehren, dann fallen wir alle nach oben, durch die Wolken bis in den Himmel«, und während er das sagte, stand mir das Bild vor den Augen: meine Brüder und ich, wie wir mit den Armen rudern, aufsteigen, die Welt wird immer kleiner, wir fallen aufwärts, an den Sternen vorbei, durch Raum und schwarze Nacht, schweben hinauf, bis wir so sicher sind wie Samenkörner in der Faust Gottes.

Und keiner hat es verhindert

Am Abend malten wir einen Kreidekreis auf die Straße und teilten den Kreis in drei Teile. Wir hatten einen blauen Gummiball, jeder stand in einem der Abschnitte und schlug den Ball mit der Handfläche, von einem zum Nächsten, und versuchte, den Ball in Schwung zu halten. Mit jedem Schlag ahmten wir unseren Paps nach.

»Das ist für die Widerworte –«

»Und das, weil du mich in der Öffentlichkeit vorgeführt hast –«

»Und das für irgendwas –«

»Und das für nichts –«

»Und das –«

Es gab einen Gully, der den Ball verschluckte, wenn wir ihn nicht trafen, und es gab Autos, die um die Ecke sausten und langsamer wurden, wenn sie uns sahen. Wir stellten uns dann an den Straßenrand und schauten die Fahrer böse an, wenn sie vorbeikamen. Saßen Kinder im Auto, streckten wir die Zunge raus oder reckten den Mittelfinger. Wir trugen Nylonwindjacken mit Kapuzen, die man einrollen und im Nacken mit einem Reißverschluss verstauen konnte wie einen Fallschirm. Wir hatten unseren blauen Ball und unsere Wut und den Abendhimmel, der im Dämmerlicht verging, und die Dachkanten vor dem dunkler werdenden Himmel, die Antennen, die Telefonkabel, und irgendwo hatten wir eine Krähe, die krächzte.

»Es gibt weiße Magie und schwarze Magie«, erklärte Manny, und wir glaubten ihm.

In letzter Zeit versuchte Manny andauernd, Joel und mir Gott zu erklären. Er führte uns in den Wald und ließ uns Pilze suchen, Giftpilze, die Gott auf die Erde gebracht hatte, um seine schwarze Magie zu bewirken. Es gab weiße Pilze mit ölig schwarzen Unterseiten und flache, geriffelte Pilze, die sich an verrottete Baumstämme klammerten, und Pilze, die einen gelben Sporenrauch abgaben, wenn man sie drückte, aber keiner von ihnen enthielt Gottes schwarze Magie, und dann war das letzte Licht vergangen, und alles war dunkel.

Uns war kalt, aber wir wollten nicht nach Hause. Es waren auch noch andere Kinder da; sie hielten sich fern von uns, aber wir hörten sie auf der Straße spielen, und wir hörten, wie sie nach und nach zum
 Abendessen ins Haus gerufen wurden. Ich hatte

Angst vor der Dunkelheit, aber das wusste keiner; ich hatte nie davon gesprochen. Ich hatte Angst vor schwarzer Magie; ich hatte Angst vor Gift, und als Manny und Joel beschlossen, herauszufinden, ob sie den Gummiball fest genug werfen konnten, um die Scheibe im Campingwagen der Grices' zu zertrümmern, der schon so lange an ein und derselben Stelle stand, wie wir denken konnten, zwei Räder hinten und grau gewordene Holzlatten vorn, da hatte ich Angst, wir würden dafür bestraft werden, aber ich hielt den Mund.

Der Ball schlug auf das Glas und rollte zu der Stelle zurück, wo wir am Waldrand kauerten. In einem Hinterzimmer des Hauses ging Licht an.

»Die können hier draußen eh nichts erkennen, die sehen uns nicht.«

Wir warteten, und nach einer kurzen Weile ging das Licht wieder aus.

»Nimm einen Stein«, sagte Joel zu Manny.

»Warten wir noch eine Minute, sonst schöpfen sie Verdacht.«

Wir kauerten uns in den Staub und sogen die Luft ein. Mit den Handrücken rieben wir unsere Nasen wach. Wir zogen den Schnodder hoch. Nach einer Weile murmelte Joel: »Es ist scheißkalt«, denn jemand musste ja das Offensichtliche aussprechen, damit die anderen beiden ihn ignorieren konnten, so wussten wir, dass keiner nach Hause wollte. Eine Weile später sagte Manny: »Weiße Magie, das ist Kaninchen aus dem Hut zaubern und so'n Scheiß, Kartentricks. So was halt.«

Dort, wo wir kauerten, war der Boden fest und kühl, gerade feucht genug, um uns an den Knien und Handballen kleben zu bleiben. Der Boden wurde hart im Winter und weich im Sommer, Herbstlehm war mein liebster Lehm, wie kühler schwarzer Kaffeesatz. Schwarze Magie.

»Schwarze Magie ist Voodoo, Schlangenbeschwören, Gift«, erläuterte Manny. »Mit schwarzer Magie kann man jemanden töten.«

Manny warf den Stein, und dann rannten wir weg, so schnell uns der Schrecken trieb, am Waldrand entlang, wir rannten, rannten, rannten, fielen hin, schnappten nach Luft, und das zersplitternde Glas knirschte immer und immer wieder in unseren Köpfen, der Klang der Unwiderruflichkeit, der schockierende, köstliche Klang des Schadens.

Wir drehten uns um und beobachteten das Haus der Grices', um zu sehen, ob uns jemand folgte, und tatsächlich tauchte der Sohn der Grices', der Headbanger, auf – zwei Jahre älter als Manny und spindeldürr. Er ging mitten auf die Straße und ließ eine Taschenlampe neben sich baumeln. Als er an die Stelle kam, wo wir unseren Kreidekreis gezogen hatten, blieb er stehen und zeichnete mit dem Schein der Taschenlampe den Kreis nach. Er hob das Licht höher, um die ganze Zeichnung sehen zu können. Dann marschierte er die Straße weiter bis zum Ende der Sackgasse, wo wir am Waldrand kauerten.

»Jungs«, sang er, »Juhungs.«

Manny stand auf, ging zu dem Baumstamm, der das Ende der Straße markierte, und setzte sich hin, sodass der Headbanger ihn sehen konnte, wenn er dort ankam – er sollte sehen, dass Manny sich nicht versteckte. Joel und ich folgten, und wir wischten uns den Staub von den Knien und Handflächen.

»Drei Hasen auf dem Rasen«, sagte der Junge und leuchtete einem nach dem anderen mit der Lampe ins Gesicht. Wir beschirmten uns die Augen. Das Sackgassenschild strahlte im Schein der Taschenlampe gelb auf, und der Headbanger hielt darauf und lachte.

»Im Dunkeln ist alles anders«, erklärte er, dann knipste er das Licht aus und hockte sich zu uns.

»Hi, Jungs. Wie läuft's denn so?«

Er wusste, dass wir es gewesen waren, die gerade die Scheibe von dem alten Campingwagen eingeschmissen hatten – das war ziemlich offensichtlich –, und es lag ein komischer spöttischer Ton in seiner Stimme. Der Headbanger hatte in letzter Zeit ziemlich um uns herumgeschnüffelt, hatte versucht, mit uns herumzuwitzeln; wir wussten nicht, warum; vielleicht nur, weil wir die Einzigen ungefähr in seinem Alter waren, die noch lange nach dem Abendessen draußen sein durften, vielleicht auch etwas Fieseres. Er kam aus dem Norden, behauptete er, aus Texas, aus Kalifornien. Weißblonde Haare fielen ihm lang und strähnig den Rücken hinunter, waren aber an den Seiten und vorn kurz geschnitten. Ständig zerrte er an seinem Schritt herum und erzählte so viele Lügen, wie er nur in einen Satz hineinpacken konnte. Diese Art Jungs trieben sich ständig in unserer Nähe herum, aber meist hielten wir uns fern von ihnen, wir drei Mischlingsbrüder in unserer Welt, der weiße Abschaum in seiner. Wir waren vor ihnen gewarnt worden und sie vor uns, außerdem brauchten wir sie nicht; wir hatten uns zum Spielen und Jagen und Plündern. Wir waren immer eng zusammen; Manny vorneweg stellte die Regeln auf, Joel brach sie alle, und ich versuchte mit aller Kraft, den Frieden zu wahren, was manchmal nur bedeutete, dass ich auf die Knie ging und meinen Kopf mit den Armen schützte und sie sich prügeln und beschimpfen ließ, bis sie müde oder gelangweilt oder reumütig waren. Sie schimpften mich Schwuchtel, Pest, schlugen mich grün und blau, aber mit mir gingen sie sanfter um als mit sich selbst. Und alle in der Nachbarschaft wussten: Sie würden ihr Blut für mich lassen, meine Brüder, hatten sie schon getan.

Und dann tauchte dieser Headbanger auf mit seinem »Hi, Jungs« und riss uns auseinander, weitete aus, was vorher eng gewesen war.

Dabei war er noch nicht mal aus unserem Block, sondern kam nur mit einer Hand in der Hosentasche die Straße entlanggeschlendert und zog an seinem Schritt. »›Hi, Jungs‹, hab ich gesagt, könnt ihr nicht reden?«

Und Manny: »Was willst du?«

Und Joel: »Ja, was willst du überhaupt?«

Und dieser Headbanger: »Ich will euch was zeigen. Ich hab da was Tolles zum Zeigen und keinen, dem ich's zeigen kann.«

»Meinst du schwarze Magie?«, fragte Joel.

»Halt die Schnauze, Joel«, sagte Manny.

Ich wartete darauf, dass Manny dem Headbanger sagte, dass er sich schleunigst von unserem Baum davonmachen solle, aus unserem Block verschwinden; ich wartete darauf, dass Manny sich wieder an uns wandte, dem Headbanger den Rücken zukehrte, ihn einen Clown nannte, dann sagte: »Okay, heute Nacht machen wir Folgendes, hört ihr zu?«

Aber Manny drehte sich nicht um.

»Was hast du denn?«, fragte er den Headbanger.

»Ja«, wollte auch Joel wissen, »was hast du überhaupt?«

Der Headbanger stand auf, knipste die Taschenlampe an und sagte: »Kommt mit.«

Wir folgten ihm auf die Straße, und er hob die Taschenlampe wie vorhin hoch über unseren Kreidekreis, sodass er ganz erhellt wurde.

»Wisst ihr, was das bedeutet?«

Es gab Grillen und die Lichter in den Fenstern all der Häuser. Uns war kalt. Ich steckte den Daumen in den Mund und schmeckte Erde.

»Peace«, sagte der Headbanger, »das da ist ein Peace-Zeichen.«

Manny lachte, ein wissendes Schnauben durch die Nase, dann legte er den Kopf in den Nacken, hob den Blick vom Pflaster zum Himmel, direkt in Gottes Auge. In letzter Zeit schaute Manny hinaus, hinauf, in alles und jedes, nicht nur zu uns.

Und dann sagte der Headbanger: »Ich zeig euch noch was. Was Gutes. Besseres.«

»Isses wahr?«, sagte Manny.

Also folgten wir dem Kerl nach Hause.

Der Vater des Headbangers saß im vorderen Zimmer und rauchte, war vom Schein des Fernsehers ganz in Blau gehüllt, und eine Hand steckte in der Achselhöhle.

»Wissen die, wie spät es ist?«, fragte er den Headbanger, als wir das Haus betraten und am Fernseher vorbeikamen, sodass unsere Schatten über ihn fielen.

»Ja, wissen die.«

In der Küche fuhr ich mit den Händen über den Tisch, der glatt war und lackiert und kühl. Der Headbanger stellte Plastikbecher mit Limo vor uns, und Manny und Joel tranken zu schnell, schnappten zwischen den Schlucken nach Luft, was mich ganz nervös machte. Der Vater schaltete den Fernseher aus, und der Krach der Grillen breitete sich aus. Der Headbanger blinzelte und lauschte, nicht nach den Grillen, sondern nach dem Vater, nach seinem nächsten Schritt. Wir kannten dieses Blinzeln; was uns verblüffte, war die Art, wie der Headbanger die Lippen bewegte – wild, stimmlos. Er hatte Tieraugen und weiße Haare und verblüffte uns. Ohne Stimme bedeutete uns der Headbanger, wir sollten uns nicht rühren, oder er betete oder verfluchte seinen Vater, ein schwarzmagischer Voodoofluch, oder alles gleichzeitig, nur indem er die Lippen bewegte, dieser Kerl.

Wir hörten, wie der Vater die Treppe hinaufstapfte und in sein Schlafzimmer ging. Eine Tür donnerte zu, dann lief ein anderer Fernseher. Ich warf aus Versehen meinen Becher um, die Limo ergoss sich, lief auf den Spalt in der Tischmitte zu und machte dort im Fallen genau das Geräusch eines Mannes, der auf den Boden pinkelte.

»Lass gut sein«, sagte der Headbanger, öffnete die Kellertür und rief uns mit einem gekrümmten Finger zu sich.

Wir ließen den Headbanger das fluoreszierende Licht anschalten und als Erster die Treppe hinuntergehen. Wir taten drei Schritte, beugten uns vor, suchten alles nach Fallen, Waffen, anderen Kindern ab. Wieder drei Schritte, Pause. Manny fragte: »Schläfst du hier unten?«

»Oben.«

»Hier stinkt's.«

»Das ist ein Keller, was erwartest du? Macht euch vor Angst wohl in die Hosen, was? Wart ihr noch nie in einem Keller?«

»Klar«, antwortete Manny.

»Wir alle«, sagte Joel. »Zusammen. Wir drei. Andauernd.«

Aber der Headbanger hörte gar nicht zu; er war an eine Truhe getreten und zog eine Decke hervor.

Drei Eisenträger stützten den Boden des Hauses über uns. Die Decke war mit Bahnen von Isoliermaterial gestreift, die mit einer Nagelpistole an die Unterseite geschossen worden waren, ein langer Streifen hatte sich gelöst oder war abgerissen worden und berührte nun den Lehmboden des Kellers.

Bauschig dicke, rosa Glaswolle schaute heraus. Der Headbanger führte uns in eine Ecke, die mit drei abblätternden Holzfensterläden abgetrennt war. Eine Lücke zwischen zwei Läden diente als Eingang, als Tür gab es ein Bettlaken mit einem Flügelhelmmuster.

In dieser Ecke standen eine alte Fernsehtruhe und ein Videorekorder.

»Ich besorg mir noch ne Couch«, sagte der Headbanger und rollte eine zerschlissene, tigerförmige Decke auf dem Boden aus. Staub wirbelte auf und hing in der abgestandenen Luft, wir wedelten mit den Händen vor unseren Nasen und husteten. Aus dem hinteren Hosenbund, verborgen unter dem Hemd, zog der Headbanger ein schwarzes Rechteck aus Plastik hervor, eine Videokassette, und hielt das Band mit beiden Händen vor sich wie ein Lenkrad. Der Titel war mit Textmarker geschwärzt.

»Hier ist es«, sagte er, »das wollt ich euch zeigen.«

Das Band lief, das Bild wanderte ein paar Mal über den Bildschirm, dann beruhigte es sich und wurde scharf. Ein weißer Junge, ein Teenager, lag auf dem Bett und blätterte in einem Buch. Es klopfte an der Tür, und ein älterer Mann kam herein; der Junge nannte ihn Dad.

»Was willst du, Dad?«, fragte er.

»Erklär mir mal, warum du die Teller nicht abgewaschen hast, wie ich dir gesagt habe.«

Vor ein paar Monaten im öffentlichen Schwimmbad war eine Mutter, die sich angeregt mit ihrer vielleicht fünf- oder sechsjährigen Tochter unterhalten hatte, links statt rechts abgebogen und in die Männerumkleide geraten, wo meine Brüder, mein Vater und ich und noch weitere Männer und Jungs duschten, sich auszogen, anzogen und nackt waren. Die Mutter war rot geworden und hatte instinktiv ihrer Tochter die Augen zugehalten; sie hatte beide Hände vor das Gesicht ihrer Tochter gelegt und eilte mit ihr hinaus. Und die Männer – die außerhalb ihrer eigenen Verwandtschaft niemanden anschauten oder ansprachen –, die Männer hatten sich plötzlich umgeblickt, und nach einer kurzen Pause waren sie alle in Gelächter ausgebrochen.

»Meine Güte«, hatte die Mutter gesagt, kurz bevor sie das Mädchen schnappte und ihr die Augen zuhielt. *»Meine Güte.«* Daran erinnerte ich mich noch.

Und der Fernseher: »Ach, Daddy, lass mich in Ruhe!«

Und der Fernseher: »Werd ja nicht frech.«

Wir saßen auf dem Tiger, hielten unsere Knie umklammert – waren betäubt, hypnotisiert. Da war der muffige Geruch, die Erde unter uns. Da war der Headbanger, der gepfiffen hatte und behauptete: »So einen Film habt ihr bestimmt noch nie gesehen, da wette ich drauf« – und nun schwieg er und atmete mit offenem Mund. Ein Schweißfilm stand auf meinen Handflächen, und mit dem Schweiß kamen Hitze und Schwindel. Es gab weiße Magie und schwarze Magie.

Und der Fernseher: »Ach, das hatte nichts zu bedeuten!«

Unser Paps hatte nichts mit Pornografie am Hut; das hatte er uns gesagt, und es war die Wahrheit. Wenn er schmutzige Bänder oder Bilder gehabt hätte, dann hätten wir sie gefunden. Bei einem Garagenflohmarkt waren wir mal auf einen Karton gestoßen, auf dem »Nur für Erwachsene« geschrieben stand. Der alte Mann hatte von seinem Gartenstuhl zu uns herübergelacht. »Na, schaut schon rein«, hatte er gesagt, »aber wenn ihr eine Lady seht, die stehen bleibt und sich meine Teller anschaut, dann geht ihr von der Schachtel weg.«

Wir hatten Haut gesehen, Frauen, Geschlechtsteile und Stellungen, aber nur auf Fotos. Dieser Mann, dieser Teenager, sie lebten oder hatten gelebt – in diesem kahlen Zimmer, nur ein Bett, Laken, ein Buch, eine Einstellung, keine veränderten Blickwinkel, kein Schnitt, wie ein Amateurfilm.

»Ich werde dir eine Lektion erteilen, junger Mann.«

»Meine Güte«, hatte die Mutter in der Umkleide gesagt, so als ob ihre Güte eine besondere Leckerei wäre, die ihr ein frecher Vogel aus der Hand stibitzt hatte.

»Zieh die Unterhose runter.«

Ich hatte Mütter gesehen, die ihren Kindern die Ohren zuhielten, wenn jemand fluchte oder wenn die Mütter selber fluchten. Und ich hatte eine Frau einem Kind die Ohren zuhalten sehen, als jemand anderer Gott lästerte.

»Beug dich über meinen Schoß.«

Und keiner hat es verhindert. Meine Brüder. Keiner.

»Daddy, bitte.«

Wir hatten Haut gesehen, aber nur Fotos, Frauen. Und wir hatten unsere Körper gesehen – wir alle, Manny und Joel und ich, Ma und Paps –, wir hatten uns schon durchgeprügelt gesehen, ein vor Schmerz blökendes Tier, hysterisch, und nun unter Drogen, betrunken, glasiger Blick, nackt, und dann freudvoll, hatten lautes Gelächter gehört, Schreie und Tränen, und wir hatten einander stolz gesehen, leer stolz, trotzig stolz, und auch am Boden, verachtet. Wir Jungs, wir hatten von alldem schon so viel gesehen,

ohne einen Penny oder mit Geld in den Taschen,

voller Liebe zu uns oder ohne, bemüht, bemüht; wir hatten sie scheitern sehen, aber ohne Verständnis dafür, wir hatten das Scheitern mit aufgerissenen Augen wahrgenommen, schamlos, ohne jedes Schamgefühl.

»Das ist für –«

Nichts davon war so wie das hier.

»Und das für –«

Das waren nicht wir. Hatte nichts mit uns zu tun.

»Ja, das gefällt dir, oder nicht?«

Warum schaut ihr mich nicht an, meine Brüder, warum nehmt ihr meinen Blick nicht auf?

Niagara

Manny und Joel standen kurz davor, aus der Schule geschmissen zu werden, und als ein Mann meinem Vater Geld dafür bot, ein Paket zu den Niagara-Fällen zu fahren, nahm Paps mich zwei Tage aus der Schule; ich durfte ihm Gesellschaft leisten. Wir fuhren vier Stunden lang, Paps sagte nicht viel, nur, dass wir ostwärts fuhren, um den Ontario-See, immer nah am Ufer. Wir übernachteten in einem staubigen Motelzimmer, und am Morgen ging Paps mit mir zu den Wasserfällen, und dort, am rauschenden, lärmenden Rand, hob er mich in die Luft und hielt mich so über die Brüstung, dass mein Oberkörper über den dicken, reißenden Schnüren Wasser hing, und als ich nicht wild trampelte oder schrie, drückte er mich noch weiter hinaus, legte seinen Mund an mein Ohr und fragte: »Weißt du, was passiert, wenn ich dich loslasse?«

»Was denn?«

»Dann stirbst du.«

Das Wasser stolperte spritzend und hypnotisierend über sich selbst, und ich versuchte, mich darauf zu konzentrieren, und jede Welle war ein Leben, das weit weg aus einer Bergquelle kam, meilenweit gereist war, sich vorwärtsgedrängt hatte, bis es hier vor meinen Augen ankam, und nun stürzte sich das Wasserleben, ohne zu zögern, über die Klippe. Ich wollte meinen Körper in all der Schnelligkeit spüren; ich wollte das Schieben und Zerren der Strömung spüren, wollte hinunterstürzen und auf den Felsen dort unten aufschlagen, und ich wollte, dass Paps mich losließ, mich sterben ließ.

Später hielt Paps vor einem kleinen Kuriositätenkabinett, gab mir fünf Dollar und sagte, er würde in einer Stunde kommen und mich holen.

»Und was ist, wenn du stirbst?«, fragte ich.

»Nichts ist«, antwortete er, »nichts ist für immer.«

In dem Kabinett gab es Wachskopien von freakigen Köpfen – Menschen mit zwei Pupillen in jedem Auge oder mit gespaltener Zunge – und alte Sepia-Fotos von siamesischen Zwillingen und Babys mit Schwänzen. Es gab einen kleinen Raum mit niedriger Decke und einer Bank, in dem immer wieder derselbe drei Minuten lange Film lief. Der Film zeigte Männer in Fässern, die in die Kamera lächelten, winkten und den Daumen hochreckten, während sie sich den Fällen näherten und plötzlich über der Kante verschwanden. *»Einige dieser wagemutigen Burschen überlebten wie durch ein Wunder«*, dröhnte der Sprecher, *»doch weit mehr fanden ein tragisches Ende.«*

Stunden vergingen. Zweimal tauchte ein Mann auf, steckte den Kopf in mein Kino und sah mich fragend an. Beim dritten Mal kam er herein, setzte sich neben mich und fragte: »Wie oft willst du dir den Quatsch noch anschauen?«

Ich zuckte mit den Schultern. Der Mann trug eine Cordhose, und ich wäre gern mit dem Fingernagel über seinen Oberschenkel gefahren.

»Versteckst du dich?«

»Ich sitze nur hier«, antwortete ich.

»Na ja, schon gut«, sagte er. »Bist wohl noch ein wenig zu jung dafür. Was ist mit deinen Eltern?«

»Mein Vater kommt mich holen. Wird gleich hier sein.«

Der Mann stand auf und sah auf mich herab. Der Film landete auf seinem Hemd und schnitt ihn an der Hüfte ab, er sah aus wie ein Riese, der sich aus den Niagara-Fällen erhob.

»Sag deinem Vater, er soll mal bei mir am Kartenschalter vorbeischauen, wenn er kommt. Ich möchte ihn kennenlernen.«

Als er ging, stellte ich mich an seine Stelle, und der Wasserfall fiel mir über Gesicht und Arme. Ich ging näher zur Wand, bis er mich verschluckte, und tanzte. Ich tat so, als ob ich ein Meerjungenprinz wäre, und es war meine Aufgabe, all die Männer in den Fässern aufzufangen und sie vor dem Tode zu bewahren, doch wenn ich die Hände zusammenlegte und sie ausstreckte, glitten sie mir immer durch die Finger. Wenn sie über den Rand verschwanden, tanzte ich einen besonderen Unterwassertanz, damit ihre Seelen gen Himmel fahren konnten. Nach einer Weile hörte ich auf, sie retten zu wollen, so sehr war ich in den Totentanz vertieft; ich drehte mich auf Zehenspitzen und sah auf meinen Körper herab, das Wasser fiel und rauschte über mich, ich wackelte mit den Armen und bewegte die Hüften gegen die Strömung.

Als ich aufblickte, stand Paps in der Tür und beobachtete mich. Er hatte die Arme ausgestreckt, sie ruhten oben auf dem Türrahmen, das Licht fiel von hinten auf ihn und verbarg seinen Gesichtsausdruck, aber ich konnte an den Umrissen der Muskeln und der kurz geschnittenen Afrofrisur sehen, dass er es war, und auch, dass er schon eine Weile dort gestanden und mich beobachtet hatte. Er glitt mit den Händen die beiden Seiten des Türrahmens hinab und schlug sie sich dann vor die Beine.

»Lass uns gehen«, sagte er.

Draußen auf dem Bürgersteig schaute ich nach hinten und rechnete schon halb damit, dass der

Mann in der Cordhose hinter uns herlief, aber wir waren allein.

Wir aßen an einer Theke mit drehbaren Vinylhockern. Wir hatten beide Hotdogs; Paps brach seinen in zwei Teile und stopfte sich eine Hälfte auf einmal in den Mund, dann drehte er sich zu mir um – Augen weit aufgerissen, Wangen aufgeplustert. Ich lachte nicht, er hatte mich zu lange dort allein gelassen.

Als wir uns auf den Heimweg machten, war es dunkel. Wir fuhren die ganze Nacht durch. Paps meinte, er sei erschöpft und es sei meine Aufgabe, ihn wach zu halten. Er gähnte und gähnte, und ich starrte ihn von der Seite an, schaute zu, wie die Augenlider schwer wurden und sanken und sich schließlich schlossen, dann packte ich ihn am Arm und schüttelte ihn, und er sagte: »Was? Was is'n passiert?«

Wir redeten kein Wort. Ich wusste, er war in einer anderen Welt und träumte halb. Als wir den Highway verließen und auf die Straße abbogen, die uns nach Hause brachte, sagte er: »Ja, ist schon ne komische Sache«, aus dem Nichts heraus, so als hätten wir uns die ganze Zeit unterhalten.

»Ich hab da in der Tür gestanden und dir beim Tanzen zugeschaut, und weißt du, was ich dachte?« Er hielt inne, aber ich antwortete nicht und drehte mich auch nicht zu ihm um; stattdessen schloss ich die Augen.

»Ich dachte, wie schön du doch bist«, sagte er. »Ist das nicht komisch, wenn ein Vater so etwas über seinen Sohn denkt? Aber so war's. Ich stand da und hab zugeschaut, wie du tanzt und dich drehst und bewegst, und ich dachte bei mir: *Verdammt, da hab ich aber nen hübschen Kerl.*«

Die Nacht, in der ich gemacht wurde

Sie wurden groß, drahtig, lange Oberkörper, schlank. Ihre Kniescheiben, ihre Muskeln standen vor wie Knoten in einem Seil. Breite Stirn und starke Wülste entlang der Augenbrauen markierten ihre Ähnlichkeit. Ihre Wangen waren eingefallen, ihre Lippen bedeckten kaum noch Zähne und Zahnfleisch, so als wollten Kiefer und Schädel aus der Haut.

Sie gingen gebeugt und schlichen umher. Sie zitterten. Sie kratzten sich.

Draußen auf der Laderampe, im Lampenschein, beobachteten sie die Nacht. Sie schauten zu, wie der Atem vor ihnen gefror und in die kalte Dunkelheit hinauswehte. Sie standen ohne Kapuze im Schnee, knipsten die Filter von ihren Zigaretten. Sie redeten von Einbrüchen. Gern sagten sie, etwas sei heiß – ihre Nacht, ihre Drogen. Später wird einer von ihnen wegen eines Mädchens sein Gesicht in den Spiegel der Umkleide rammen, der andere wird sich die Arme aufschlitzen. Sie werden durchfallen. Sie werden einen Wagen nach dem anderen in den Graben setzen. Später werden sie alle mögliche Pornografie verhökern. Schon bald werden sie aussteigen. Bei der Arbeit treiben sie sich mit all den anderen Jungs herum, die genauso sind wie sie, Jungs mit ausgeschlagenen Zähnen, schlechtem Atem, schnellem Zwinkern. Sie werden in Kellerwohnungen mit erwachsenen Männern herumlungern, die sich Schlangen in Terrarien halten. Noch später wird ihnen aufgehen, dass diese Jungs überhaupt nicht so sind wie sie. Wer kennt schon dieses Leben einer Promenadenmischung? Wer kennt schon Paps? All die anderen Jungs, der weiße Abschaum hier, haben ein Vermächtnis zu hüten, Jahrzehnte an Armut und Gewalt und Blutslinien, die sie wie eine Narbe verfolgen können; und das hier sind ihre Schluchten, ihre Berge, ihre Tugend. Ihre Großväter haben den Zement dieser Laderampe gegossen. Und unten in Brooklyn haben die Puerto Ricaner eine Sprache, sie haben eine *Stimme*.

Später werden sie erkennen, dass keiner der anderen Jungs so gnadenlos, so neu, so verwaist ist.

Doch da draußen auf der Laderampe blickten sie in die Zukunft und sahen etwas anderes.

Sie waren stolz darauf, die Art von Jungs zu sein – Jungs, die in aller Öffentlichkeit spuckten,

Jungs, die den Blick zu Boden oder auf einen Punkt über den Köpfen richteten, Jungs, die einem nur in die Augen schauten, um zu taxieren oder einzuschüchtern. Wenn sie sich die trockene Haut von der Unterlippe bissen, wenn sie an der Haut zwischen Daumen und Zeigefinger kauten, wenn sie sich mit dem Hausschlüssel im Ohr kratzten, sahen sie Erinnerungen, stolze Erinnerungen, Bluterinnerungen, oder aber sie träumten von der wilden Zukunft. Draußen auf der Laderampe skandierten sie: »*Nee, Mann, hör bloß auf mit dem Scheiß – Scheiß drauf – Ich sag dir, wie das gelaufen ist – Ich sag dir, wie das laufen wird.*«

Sie hatten keine Angst, waren nicht vertrieben, nicht zerbrechlich. Sie waren einfach da. Schon bald würden sie über all die Gräben hinwegfliegen. Bald würden sie mit der Kohle nur so rumschmeißen. Sie würden entscheiden. Sie würden sich entsprechend umformen. Sie würden von den Mischlingen singen.

Und ich. Schaut mich an. Seht mich dort bei ihnen, im Schnee – umgeben von ihrem Verständnis und ihrem Unverständnis zugleich. Seht, wie sehr ich sie verunsichere. Sie rochen mein Anderssein – meinen scharfen, traurigen Weicheigeruch. Sie glaubten, ich könne eine Welt kennen, die größer war als die ihre. Sie hassten mich für meine guten

Noten, für meine weiße Art. Sie waren angewidert, neidisch, zutiefst beschützerisch und zutiefst stolz, alles zugleich.

Schaut uns an, unsere letzte gemeinsame Nacht, als wir noch Brüder waren.

Mitternacht

Wir tranken den Schnaps aus, sprangen von der Rampe, und Manny schleuderte die leere Flasche einfach so zwischen die Bäume. Wir hörten sie nirgendwo aufschlagen, wir hörten kein Rascheln, keinen Aufprall – und wir ergötzten uns an der Freude dieses stummen Wunders. Manny erfand ein schwarzes Loch; Joel schlug vor, die Flasche sei einem gähnenden Waschbären genau im Maul gelandet; ich zog die beiden nur auf: »Das ist doch der blödeste Scheiß, den ich je gehört hab.« Wir traten in unsere Schatten und in das Echo unseres Gelächters, gingen nirgendwo hin. Der Alkohol wärmte uns die Bäuche, die Schneeflocken dickten die Luft vor uns an.

Um die Ecke stand der Müllcontainer mit den vier Kammern, und im Schatten des Containers versteckte sich die streunende Katze mit den acht Zitzen. Wir wühlten in unseren Taschen nach Milchgeld; Manny hatte fünfundsiebzig Cent. Fünfzehn

Minuten bis zur Tankstelle, keinem war kalt. Am Tresen schoben wir dem Verkäufer, einem Mann aus dem Nahen Osten mit der Hautfarbe und der Statur unseres Paps', das Kleingeld hin.

»Sie könnten unser Vater sein«, sagte ich, und Manny und Joel mussten vor Lachen husten.

Der Mann besah sich unsere Münzen. »Das langt nicht.«

Wir klopften unsere Taschen ab, taten so, als würden wir suchen, fanden nichts. Das Licht im Laden erschwerte unser lässiges Spielchen; das Furnier des Tresens war von all den Münzen durchgescheuert. Der Mann war überhaupt nicht wie unser Paps.

»Na los, nehmt schon«, sagte er. »Haut ab.«

Also schlenderten wir zu unserer Streunerin zurück, schnappten uns unterwegs, was immer wir am Straßenrand fanden, und warfen es zwischen die Bäume. Wenn etwas davon – ein Stein, ein Stück Autoreifen – landete, ohne ein Geräusch zu machen, brachen wir in Freudenschreie aus. Manchmal taten wir so, als hätten wir das Krachen nicht gehört, und jubelten trotzdem.

Als Milchschale nahmen wir den Plastikdeckel eines Zwanzig-Liter-Behälters, und die Milch bildete nur eine dünne Schicht. Sah nach nicht viel aus. Unsere Streunerin hob kaum die Schnüffelnase.

»Die wird schon fressen«, sagte Joel, »wenn wir weg sind.«

Das hatten wir uns immer gesagt, wenn wir uns um unsere Ma Sorgen machten.

Die Kätzchen krallten und drängelten sich in dem saugenden Haufen; manche schienen an der Zitze eingeschlafen zu sein. Es waren hässliche, verzweifelte kleine Dinger.

»Wie lange dauert es, bis die Kätzchen da vergessen, dass sie aus einem Wurf sind, miteinander streiten und vögeln?«, fragte Manny. »Wie lange, bevor sie den Spacko rausschmeißen?«

Die beiden kicherten, und sie kicherten über mich, die Elfe, den Kümmerling, den Spacko unseres Wurfs; wir waren selbst mal solche Kätzchen gewesen – drei durch dick und dünn und warm. Und wir hatten bis aufs Blut um eine Dose Kondensmilch gekämpft. Und »den Spacko rausschmeißen« war wohl der übelste Streich, den sie mir je gespielt hatten.

»Fickt euch«, sagte ich. Ich hatte nicht halb so viel getrunken wie die beiden – ich nahm nur kleine Schlucke oder ließ den Mund zu und tat nur so. Aber ich hatte genug getrunken, um über den Klang und die Giftigkeit meiner eigenen Stimme verwundert zu sein. »Und scheiß auf dieses Herumgeschleiche. Was machen wir hier draußen überhaupt?«

»He«, machte Joel.

»Immer mit der Ruhe«, sagte Manny. »Mach dir nur keinen Knoten in den Schlüpfer.«

Sie prusteten durch die Nasen.

»Ich hab genug davon. Das ist doch scheiße, dieses Herumgeschleiche.«

»Wer schleicht denn?«, fragte Manny. »Ich steh nur hier.«

»Bist n echtes Arschloch«, sagte ich. »Schau doch mal in den Spiegel. Kannst du dich überhaupt sehen? Ständig erzählst du was von Gott. Und im nächsten Augenblick was von Weibern. Du hast doch von beidem keine Ahnung – Gott findet dich bestimmt genauso widerlich wie die Mädchen.«

»Oh, Scheiße!«, sagte Joel erfreut.

»Was, freut dich das vielleicht?«

»Irgendwie«, antwortete Joel.

»Irgendwie«, äffte ich ihn nach. »Ihr seid solche Ignoranten. Ich finde euch peinlich. Wisst ihr das eigentlich? Dass ich euch peinlich finde?«

»Hast du das gehört?«, sagte Manny zu Joel. »Wir sind ihm peinlich.«

Schaut euch meine Brüder an – ihre schlabbrigen Klamotten, ihre dunkel umrandeten Augen, wie permanent blau geschlagen, ihre hungrigen Galgenvögelgesichter. Ich kam mir vor wie in der Falle, war voller Hass, war beschämt. Heimlich hatte ich außerhalb der Familie einen Hang zur Sprache entwickelt, eine bittere Bosheit. Ich führte ein Tagebuch – darin fand ich scharfe Schimpfwörter für sie alle, meine Leute, meine Brüder. Ich sah sie mit anderen Augen, mit neuem spöttischem Blick. Ich spürte die ausgeprägte Kraft der Beobachtung in mir, eine Intelligenz, die versauerte. Ma und Paps hatten sich mit mir ohne die beiden anderen über meine Berufschancen unterhalten, über diese Belesenheit, die mich von meinen Brüdern unterschied; beide ermutigten mich, davon auch Gebrauch zu machen – sie deuteten an, dass ich es im Leben leichter haben würde als sie, als es meine Brüder jemals haben würden, und ich hasste sie dafür.

Das Schlimmste aber war das Mitleid.

»Wisst ihr was? Vergesst's«, sagte ich. »Egal.«

Sie ertrugen mein Mitleid nicht.

»Bist doch selbst n Arschloch«, sagte Joel.

Manny streckte die Hände aus und formte einen Schneeball. Er nahm einen Ast, warf sich den Ball selbst zu und peitschte ihn durch die Luft. Der Schneeball explodierte, und wir drei schauten zu, ein kleiner Sturm im Schneegestöber.

»Er hat recht«, sagte Manny, drehte sich abrupt zu mir um und zeigte mit dem Stock auf mich. »Du bist ein Arschloch. Gib's zu.« Er hielt mir den Ast ganz knapp vor die Nase. »Gib's zu.«

Dann war Joel hinter mir und hielt mir die Arme auf den Rücken gedreht fest. Ich versuchte, ihn abzuschütteln, aber es hatte keinen Zweck. Die beiden waren betrunken; Manny hielt mir den verdammten Ast direkt vor das Gesicht. Ich stellte mir die Schwellung vor, wenn der Ast mir an den Kopf knallte. Das wollte ich.

»Entweder bist du ein Arschloch, oder wir reißen ihn dir auf. Was darf's denn sein?«

Schaut uns drei an, schaut, wie sie mich festhielten – sie wollten mich nicht loslassen.

»Na los, Manny, schlag mich mit dem Ast. Mal sehen, ob du dich dann besser fühlst.« Erst sprach ich mit fester Stimme, doch am Ende war sie leise, ein Flüstern, ein Flehen. »Schlag endlich zu, verdammt.«

Manny holte zweimal angetäuscht aus; ich zuckte immer zusammen. Dann seufzte er angewidert, und Joel ließ los. Der Ast fiel zu Boden.

»Ernsthaft«, sagte Manny leise, »du bist doch durchgeknallt. Bei dir ist echt was im Kopf nicht richtig. Darüber sollten wir mal reden.«

Das taten wir aber nicht. Wir konnten nicht.

Wir ließen uns noch eine Weile mit Schnee berieseln, das Weiß sammelte sich auf unseren Haaren, unsere Köpfe sahen aus wie Miniaturberge, bis wir schließlich schweigend übereinkamen, uns unter das Dach des Gebäudes zu stellen. Manny gab Joel und mir eine Zigarette, und wir rissen die Filter ab. Noch immer sagte niemand ein Wort, aber das Ritual nahm ein wenig die Spannung zwischen uns – die Flamme, das laute Ausatmen, die kleinen Qualmwolken.

Dann setzten langsam die Witzeleien und das Herumgealbere wieder ein, und ich stand am Rand, wie immer, bis Manny sich zu mir umdrehte.

»Weißt du, was sie neulich zu mir gesagt hat?«

Ich fragte nicht, wer mit »sie« gemeint war, ich wusste es.

»Sie sagte, du bist zu allem fähig.«

»Ja«, meinte Joel, »denselben Scheiß hat sie mir auch gesagt.«

»Sie sagte, du bist so klug.«

»So klug!«

»Und weißt du was noch? Sie sagte, du bist fähig, dich selbst zu zerstören.«

»Also, wie sie von dir spricht«, sagte Joel, »als ob du eine beschissene Kristallvase bist.«

Manny legte einen Arm um Joels Hals. »Ihrer Meinung nach sind wir beide von derselben Art.« Dann zeigte er auf mich. »Und du, du bist –«

»Ein verdammtes goldenes Ei.«

»Sie will, dass wir dich vor den anderen beschützen.«

Joel lachte. »Ja! Ich hab ihr gesagt, ist doch nicht so, dass wir immer noch in derselben Sandkiste spielen, Frau.«

»Und wir sollen dich vor dir selber beschützen.«

»Wir sind doch keine kleinen Jungs mehr.«

»›Er ist euer kleiner Bruder‹, hat sie gesagt, ›er wird immer euer kleiner Bruder sein.‹«

Schaut mich an, wie es mich juckte, endlich von dieser Laderampe wegzukommen; wie es mich juckte, diese schneereiche Stunde hinter mir zu lassen.

»›Nur, wenn er das auch sein will‹, hab ich gesagt.«

»Beschissenes heiliges Lämmchen.«

Ich reckte die Hände vor mir hoch, gab auf, ging rückwärts, behielt sie im Auge, bis ich an die Ecke des Gebäudes kam.

»Wo willst du denn hin, Mädchen?«

»Wo zum Teufel, glaubst du, gehst du hin?«

Ich ging bis zur Ecke, drehte mich um, den Weg hinunter, weg von ihren Sticheleien. Sie riefen mir nach, setzten ein wütendes Fragezeichen hinter meinen Namen. Ihre Stimmen dröhnten durch die dunkle, kalte Luft – wie Wellen, die von hinten gegen mich schlugen.

Sie riefen und riefen und kicherten, und die Bäume warfen ihren Lärm zurück.

Scheiße, sollten sie doch bellen.

Vielleicht stimmte es ja. Vielleicht gab es nirgendwo einen Jungen wie mich.

Spätnachts

Ich schlich mich davon und ging die drei Meilen zum Busbahnhof. Der Schnee fiel sanft und reichlich, und als ich mich umdrehte, waren meine Spuren bereits zugedeckt. Das war es, was ich hinter ihren Rücken angestellt hatte, mich auf dem Männerklo im Busbahnhof herumdrücken. Das war der Geruch, den sie gewittert hatten.

Ich verließ die Straße und nahm einen Trampelpfad, der durch eine Hecke geschlagen worden war. Der Pfad führte direkt zur Rückseite des Busbahnhofs. War der Parkplatz voll genug, konnte ich durch die Hecke tauchen und zwischen zwei geparkten Bussen hindurch aufs Klo gehen, ohne gesehen zu werden. Das brauchte mir niemand zu erklären; ich kam ganz allein darauf, in kleinen, verängstigten Schritten. Wochenlang hatte ich mich zu diesem Busbahnhof geschlichen, lauerte, war unentschlossen. Ich versteckte mich in den Kabinen, linste durch die Spalte. Ich wusch mir unentwegt die Hände, konnte die direkten Blicke im Spiegel nicht erwidern. Ich wusste nicht, wie ich diesen Männern zeigen sollte, dass ich bereit war. Was dem am nächsten kam, war der Moment mit einem Mann, der mich am Kinn packte, mein Gesicht zu seinem hochkippte und mir sagte, ich sei ein hübsches Kerlchen.

»Du bist ein hübsches Kerlchen«, hatte er wiederholt, »und jetzt hau ab hier.«

In dieser Nacht stand nur ein Bus auf dem Parkplatz. Der Fahrer entdeckte mich, drückte auf den Knopf, und die Tür gab einen lauten, schnellen Furz Druckluft von sich.

»New York?«

Ich wies auf den Busbahnhof. »Ich muss nur mal.«

»Da drin nicht. Nicht um diese Uhrzeit.«

»Warum nicht?«

Der Fahrer überhörte das und sah weiter in die fallenden Flocken hinaus. Er trug seine Uniform, blaue Polyesterhose, eine blaue Strickjacke mit dem Buslogo auf der Tasche. Ein Mann mittleren Alters, überall dick, bis hin zu den Fingern, von denen er einen auf die Windschutzscheibe richtete. »Hätte schon vor einer Stunde abfahren müssen, aber das hat der Schnee verhindert. Und was für ein Schnee, wunderschön.«

Ein Schneesturm. Die Luft war warm. Die Flocken waren nass und bauschig und klebrig, sie schnitten in glatten, gnadenlosen, sanften Diagonalen zu Boden. Meine Brüder werden sich heute Nacht verlaufen; sie werden in all dem Weiß nach mir suchen; sie werden ertrinken.

»Ist das Gebäude zu?«

»Hab alle, die nach New York wollten, nach Hause geschickt. Wenn du nach New York willst, komm morgen früh wieder. Ich bring dich persönlich hin.«

»Nein, Sir.«

»Wenn du unbedingt pinkeln musst, dann komm rein.«

Die Tür schloss sich hinter mir, ich blieb auf der obersten Stufe stehen und wagte einen Blick in die Augen des Fahrers. Er hatte genug vom Versteckspielen. Mein Herz raste; ich sah mich nach dem Türöffner um, fand aber keinen.

»Das Klo ist da hinten?«

Der Fahrer stand auf. Ich hielt für ihn still. Ich wollte es.

Kalte, dicke Finger schlängelten sich hinter den Hosenbund; ich hielt still. »Du willst, dass ich es dir mache«, sagte der Fahrer. »Ich mach's dir. Ich mach's dir.«

Und so wurde ich gemacht.

Ich stapfte in den kommenden Morgen hinaus. Der Winterhimmel war wolkenverhangen. Alles war pinkfarbener Dämmer. Ich wollte mich so ansehen, wie er es getan hatte; ich wollte meine schwarzen Locken unter meiner Skimütze hervorlugen sehen. Was hatte er von meiner schmalen Brust gehalten? Was von meinem zu breiten Grinsen? Er hatte die Heizung auf höchster Stufe laufen lassen, aber hinten im Bus hielt sich die Kälte. Die Kälte sammelte sich in diesen Fingerspitzen, und überall, wo er mich berührte, gab es einen überraschenden stumpfen Stich. Ich wollte vor einem Spiegel stehen und mich immerzu betrachten. Ich öffnete den Mund und rief über das Brummen der vorbeihuschenden Wagen hinweg.

»Er hat's mir gemacht!«, schrie ich. »Ich bin gemacht worden.«

Tiefe Nacht

Sie hatten sich im Vorderzimmer versammelt, und die Luft roch nach Kummer. Die Wucht ihrer acht Augen drückte mich zur Tür zurück; noch nie war ich mit solchem Ungestüm angestarrt worden. Alles Leichte zwischen mir, meinen Brüdern, meiner Mutter und meinem Vater war verloren.

Meine Brüder trugen noch ihre Jacken, ihre Haare waren nass, Paps war angezogen und frisch rasiert, und Ma sah mich an, ihr Mascara war verlaufen, Tigerstreifen im Gesicht, die Augen waren rot, die Hände hatte sie in den Haaren – wie oft hatte ich sie so gesehen? Sie sprach, aber ich verstand nicht, was sie sagte, denn auf ihrem Schoß lag, unmöglich, mein Tagebuch.

Mit kräftigen, offenen Worten hatte ich meine Fantasien niedergeschrieben über die Männer, die ich am Busbahnhof getroffen hatte, und über das, was ich von ihnen wollte. Ich hatte einen ganzen

Katalog eingebildeter Perversionen verfasst, wüste Pornografie mit mir selbst im Mittelpunkt, mit meinem Selbst ausgelöscht. Und nun lag es da auf Mas Schoß.

Einen Augenblick lang verliefen meine Gedanken und Ängste zu einem Schwarz, alles wurde unscharf – ein Erdrutsch setzte ein, mir sackte der Magen nach unten, mein Geschlecht, meine Knie wurden weich, und ich knallte hart zu Boden.

Ich kniete in der Tür, und als ich zu Ma sprach, war meine Stimme ruhig und bestimmt.

»Ich bring dich um«, sagte ich.

Paps sprang vor, und meine Brüder hielten ihn zum allerersten Mal im Leben zurück. Doch dieses Halten ging vor meinen Augen in eine Umarmung über; in demselben Augenblick, in dem sie ihn zurückzogen, stützten sie ihn irgendwie, brachten ihn davon ab, selbst zu Boden zu sinken, und in diesem Augenblick wurde mir klar, dass nicht nur Ma, sondern jeder Einzelne von ihnen die Fantasien und Wahnvorstellungen gelesen hatte, die Wahrheit, die ich in mein kleines privates Buch geschrieben hatte.

Zwei Stunden später sitze ich im Wagen und werde zur psychiatrischen Abteilung des Allgemeinkrankenhauses gefahren, wo man mich in die Obhut des

Staats gibt und mich einsperren lässt. Noch später werden mir Zweifel kommen, ob ich wirklich jemals geglaubt habe, ein solches Buch würde niemand finden – vielleicht waren meine Worte für sie alle, damit sie sich selbst entdecken und mich auch.

Doch davor, bevor ich auf eine Trage geschnallt werde, betäubt werde, vor der geschlechtsneutralen Feindseligkeit der Krankenschwestern und Ärzte, schaut doch mal, wie ich da auf dem Wohnzimmerboden knie: meine weichen lockigen, schwarzen Haare, seit Tagen ungewaschen; meine Haut voller Akne, aber noch immer jugendlich frisch; meine zu beiden Seiten ausgestreckten Arme, die Handflächen nach oben; meine schlanken Finger, »Pianistenfinger«, sagte Ma immer zu ihnen; mein gerecktes Kinn, den Blick auf die Familie gerichtet, die vor mir erstarrt ist wie eine Bronzeskulptur des Kummers. Paps hatte seine Arme um die Schultern meiner Brüder gelegt; er lehnte sich an sie, und sie stützten jeweils eine Hand auf seine breite Brust; sie waren so groß wie er; ihre Körper waren abgemagerte Versionen von seinem, unser gemeinsames Gesicht. Ma war aufgestanden, auch sie war hinübergegangen, um Paps zu beruhigen, ihm eine Hand auf die Brust zu legen, ihm Stütze zu sein. Jeder von ihnen strahlte, war wunderschön. Wie sie für mich posierten. Dies war das letzte Mal, dass wir fünf in einem Raum waren. Ich hätte aufstehen können, ich glaube, sie hätten mich in die Arme genommen.

Stattdessen benahm ich mich wie ein Tier.

Ich versuchte, ihnen die Haut von den Gesichtern zu reißen, und als das nicht ging, versuchte ich, mir selbst die Haut vom Gesicht zu reißen.

Sie drückten mich zu Boden; ich bockte und spuckte und schrie mir die Kehle wund. Ich verfluchte sie; wir alle waren Hurensöhne, Promenadenmischungen, unsere Mutter vögelte ein Ungeheuer. Sie hielten mich fest. Erst verteidigten sie sich, verfluchten mich, schlugen mir ins Gesicht, doch je wilder ich wurde, umso mehr zogen sie sich in die Liebe zu mir zurück. Jeder Einzelne von ihnen. Ich trieb sie in diese Liebe, forderte sie heraus – ihr Idioten, ihr kranken Wichser, ich wette, das hat euch gefallen, ich wette, das hat euch heiß gemacht. Ich ließ die Spucke fliegen, blähte die Nüstern – mein Körper krampfte unter ihrem Griff. Meine Stimme schraubte sich in hustende Hysterie hinein.

Ich sagte und tat tierische, unverzeihliche Dinge.

Was blieb ihnen da anderes übrig, als mich in den Zoo zu stecken?

Dämmerung

Schaut, ein Vater legt vorsichtig seinen vollständig bekleideten Sohn in eine Badewanne voller Wasser. Das Badezimmer ist klein, kein Außenfenster, abgestandene Luft. Eine Mutter steht in der Tür wie eine Stummfilmakteurin – sie hat acht Finger im Mund und zittert am ganzen Körper. Der Vater dreht sich zu ihr um, legt seine Hände auf ihre Handgelenke und ihre Arme an ihre Körperseiten, während er ihr die ganze Zeit ins Ohr flüstert. Die Mutter holt tief Luft und nickt, nickt.

Dann schiebt der Vater sie langsam auf den Flur hinaus und schließt die Tür. Er leckt sich zwei Finger nass, streckt die Hand aus und schraubt eine der beiden Birnen in der Lampe über dem Spiegel aus.

»Ich fand es hier im Bad schon immer viel zu hell.«

Das Kinn des Jungen fängt an zu zittern.

»*Mijo*«, sagt er. »Mein Sohn. Du brauchst ein Bad.«

Schaut, wie der Vater in dem Schrank unter dem kleinen Blechwaschbecken nach einem Waschlappen sucht. Er lässt Wasser ins Becken laufen, bis es dampft. Er pfeift. Seife, Lappen, Dampf, Schaum. Er pfeift.

Schaut, der Sohn, ganz schläfrig von den Tönen des Vaters, von dem Ritual: Pfeifen, Wasser, Schaum und Plätschern. Jetzt seift der Vater die Kleidung ein. Jetzt kann der Sohn nur noch warten.

»Wann hast du das letzte Mal gebadet?«

Der Junge dreht den Kopf beiseite und blickt hinauf zu einer von der Decke baumelnden, sich abblätternden Farbzunge.

»Wann habe *ich* dich das letzte Mal gebadet?«

Der Junge schließt die Augen. Hört das Nuscheln, die müde Verwirrung in der Stimme des Jungen, der sagt: »Bitte, Paps, bitte. Lass mich allein, ich wasch mich selber.«

»Schsch«, macht der Vater. »Schsch. Niemand lässt dich allein. Nicht, wenn du so aufgeregt bist.«

»Ich bin erwachsen«, sagt der Junge. »Ich hab Rechte.«

»Jeder hat Rechte. Ein Mann, den man ans Bett gefesselt hat, hat Rechte. Ein Mann unten im Kerker hat Rechte. Ein kleines schreiendes Baby hat Rechte. Ja, du hast Rechte. Was du nicht hast, ist Macht.«

Am anderen Ende des Flurs öffnet die Mutter die Zimmertür ihres Sohns und schaltet das Licht ein. Schaut, wie sie sich am Türrahmen festhält. Sie flüstert laut mit niemandem, tritt ein.

Im Zimmer fährt die Mutter mit der Hand über den Schreibtisch des Sohns. Von der obersten Ablage des Wandschranks zieht sie eine Leinentasche. Alle Schubladen in der Kommode sind leer, also nimmt sie die Sachen vom Boden, schüttelt sie glatt und legt sie langsam ordentlich zusammen. Ein Stück nach dem anderen verschwindet in der Tasche.

Schaut, der Schnee liegt kniehoch auf dem Hausdach. Irgendwo jenseits der Schneewolken geht die Sonne auf. Das Licht wird von Minute zu Minute stärker. In der Einfahrt haben zwei Brüder den Motor des Pick-ups angeworfen; jetzt kauern sie in der Kabine. Die Abgase steigen aus dem Auspuff und schweben in der Luft; es geht kaum ein Wind. Kein Vogel begrüßt die aufgehende Sonne. In der Kabine halten die Jungs die Hände vor die Luftschlitze, schweigend reichen sie sich eine Zigarette hin und her. Der Ältere betätigt die Scheibenwischer, doch die wollen sich nicht rühren. Die Jungs schauen durch die Windschutzscheibe auf die graue untere Lage Schnee. Der Jüngere drückt die Kippe im Aschenbecher aus.

»Und?«

Schaut, der Vater legt den Lappen beiseite, geht durch das Zimmer hin zum Sohn, der nun mitten im Raum steht, und beginnt ihn auszuziehen. Er umfasst den Rücken des Jungen mit einer Hand, zieht das Hemd vorne aus der Hose und entblößt den Brustkorb des Jungen. Er legt ihn wieder hin, hebt die Arme an und stülpt ihm das nasse Hemd über den Kopf. Dann kämpft er mit der nassen Jeans und fischt erst einen Knöchel, dann den anderen heraus.

»Paps«, sagt der Junge.

Der Vater zieht dem Jungen die Unterhose aus, der Junge erhebt sich, und nun steht er nackt da. Der Vater betrachtet ihn, starrt ihn an. Seht den Jungen, nackt von Kopf bis Fuß, wie er in den Augen seines Vaters sucht.

Mit zu Schlitzen zusammengekniffenen Augen betrachtet der Vater den Jungen, dessen Blöße. So als betrachtete er einen zu tiefen Schnitt oder blickte in einen zu hellen Morgen hinaus. Wieder ruft er den Sohn, *»mijo«*.

»Du riechst.«

»Das bin ich nicht.«

Der Vater drängt sich in ein Lachen, in seine Rolle. »Ja, das bist du, mein Junge. Du riechst gerade wie du selbst.«

Also geht es wieder zurück in die Wanne. Ein kleiner Wasserfall stürzt aus der Armatur. Die Flut steigt. In der Tasche des Vaters befindet sich ein Nagelknipser – der war schon immer dort, schon vor der Geburt des Sohns. Schaut, wie der Vater den Knipser zückt, die Feile aufklappt, tote Haut auspult und feilt und abknipst. Der Junge bleibt still und stumm. Der Vater bohrt die Spitze in den Fuß seines Sohns, bis der die Zehen krümmt und stöhnt.

»Kontrolle.«

Dann fährt der Waschlappen über die Fußballen des Jungen, über Ferse und Knöchel über den Spann bis in die Lücken zwischen den Zehen. Seit Jahren sind die Füße von niemand anderem mehr benetzt oder berührt worden. Der Vater erzählt von Kulturen, in denen es den größten Respekt bezeugt, einem anderen die Füße zu waschen, aber der Junge kann nur halb zuhören, denn da sind das Wasser und der Lappen und die Berührung, alles so brandneu und so vertraut. Schaut, wie er Luft einsaugt, schaut, wie die Luft stecken bleibt, ein spröder Klumpen im Hals.

Der Vater sitzt auf dem Badewannenrand, einen Fuß in der Hand, begutachtet, rubbelt, summt. Er lässt sich Zeit, fährt mit dem Waschlappen langsam eine Wade hinauf, dann die andere. Da ist die Nässe, die Berührung. Der Vater dehnt den Hals und schaut seinem Sohn ins Gesicht.

»Atmen, Junge, einfach atmen.«

Draußen vor der Tür lauscht die Mutter eine Weile und klopft dann. Sie ruft den Namen des Vaters.

»Wir machen ihn fein«, ruft der Vater.

Schaut, wie sie mit einem Stapel zusammengelegter Wäsche eintritt, unten die Jeans, ein Sweatshirt, Boxershorts und oben ein Paar eingedrehte Socken. Abgesehen von ihrem Gesicht, ihrem wilden, schönen Gesicht, wirkt sie ganz wie die dienende Frau, die Fernsehmama.

»Die Jungs sind draußen in der Auffahrt, schippen und fegen den Pick-up aus«, berichtet sie dem Vater. Er nickt. Hört, wie sie das sagt, *»die Jungs«*, wie schnell und vollständig der Sohn in der Wanne aus dieser Bezeichnung herausfällt; wie sehr sich der Junge wünscht, dort draußen bei seinen Brüdern zu sein und zu tun, was ihm aufgetragen worden ist.

Die Mutter setzt sich auf die Toilette und sieht zu, wie der Vater ihren Sohn badet. Sie hält die Kleidung auf dem Schoß. Der Sohn wird nicht mit ihr sprechen. Sie beobachtet ihn und will ihm sagen, dass er ruhig all seinen Hass auf sie richten kann; sie wird ihn annehmen, wenn er das von ihr will. Hört, hört genau, das sagt sie mit ihrem Schweigen. Der Junge kann es gar nicht überhören.

Der Vater pfeift und summt; er verabschiedet sich.

»Jawohl, Ma'am«, sagt er, ohne die Mutter anzuschauen. »Wir machen ihn fein.«

Und die Mutter nickt und nickt.

Die Brüder sind froh und dankbar für die einfache Arbeit, die sie erledigen sollen – die Türen des Pick-ups extra fest zuschmeißen, damit der Schnee abfällt, das Eis von den Scheiben kratzen, den Schnee von Dach und Motorhaube fegen. Sie sind in Gedanken nicht bei dem Jungen und dem Vater im Bad. Sie sind in Gedanken nicht bei der Mutter, die leise weint, oder der gepackten Tasche an der Haustür. Sie kümmern sich um Schnee und Eis, um das simple Problem, beides zu beseitigen.

Der Junge in der Wanne ist froh, dass seine Brüder eine Aufgabe haben. Draußen sind sie an der frischen Luft, die ihnen die Kehlen und Nasen frei macht, nachdem sie mit der Zigarette in der Kabine gehockt haben. In der Garage gibt es Aluminiumschaufeln. Sie können unten an der Einfahrt anfangen und sich zum Pick-up vorarbeiten, tief schaufeln, bis ihre Schaufeln auf den Schotter stoßen – das Kratzen wird durch die Stille um sie herum hallen. Bei der Arbeit können sie zusammen sein, sich tief in eine Aufgabe versenken, die sie schon viele Winter gemeinsam erledigt haben. Erst der letzte Akt, das Salzen, wird sie wieder zu dem Jungen in der Wanne bringen, zu dem ersten Winter, als er sich, in einen einteiligen Schneeanzug gemummelt, ihnen dort draußen anschloss. Er war zu langsam und zu schwach zum Schaufeln, also gaben ihm die älteren Brüder einen Plastikspielzeugeimer voller Kristalle und befahlen ihm, ihnen zu folgen. Jetzt werden die beiden sich das Salzstreuen teilen. Sie werden den Sack in zwei Eimer ausleeren und das Salz wie Samen oder Asche auf der Zufahrt verteilen. Der Junge weiß, dass seine Brüder sich nach dem Schock dieser Nacht gegenseitig höflich und würdevoll behandeln werden – wenn der eine aus Versehen den Schnee in die Richtung des anderen wirft oder ihn mit der Schaufel an der Hacke trifft, wird der Schuldige sagen: »Tut mir leid.« Lauscht, und ihr werdet hören, wie ihr Flüstern zum Haus hinaufschwebt: »Tut mir leid, Mann, tut mir leid.« Und einen Augenblick später der Refrain: »Macht nichts, Bruder, macht nichts.«

Schaut, sie öffnen die Türen. Sie steigen aus dem Wagen aus. Sie machen sich an die Arbeit.

Tierpflege

Heutzutage schlafe ich mit Pfauen und Löwen auf einem Blätterbett. Ich habe meine Meute verloren. Ich träume davon, aufrecht zu stehen, von gestreckten Fingern, von einem einfacheren Leben – keine heißen Schnauzen, keine Reißzähne, keine Krallen, kein obszönes Federkleid –, wie ich stolz aufrecht und fröhlich dahinschlendere.

Ich schlafe mit anderen Tieren in Käfigen und Höhlen, in Kaninchenbauten, auf Heu. Sie schmücken mich, diese Tiere – legen mich hin, betatschen mich, besitzen mich –, krönen mich zum Prinzen ihres üppigen Dschungels.

»Aufrecht, aufrecht«, sage ich, lalle ich, schwöre ich.

Danksagung

Mein großer Dank gilt United States Artists, dem Iowa Writers' Workshop, dem Stanford Creative Writing Program, der Ucross Foundation, Lambda Literary, dem Truman Capote Literary Trust, dem *Tin House*-Magazin und der Bread Loaf Writers' Conference für ihre großzügige Unterstützung.

Von tiefstem Herzen danke ich Jin Auh, meiner Agentin, und Jenna Johnson, meiner Lektorin bei HMH, dafür, dass sie mit mir so hart an diesem Buch gearbeitet haben.

Meine Lieblingsbeschäftigung ist es, Lehrer zu finden, die ich bewundern kann, um sie dann zu Tode zu bewundern. Hier ist eine unvollständige Liste: Dorothy Allison, Lan Samantha Chang, Allan Gurganus, Marilynne Robinson, Stacey D'Erasmo, Michael Cunningham, Paul Harding, Edward Carey, Bret Anthony Johnston, Jeffery Renard Allen, Ann Cummins, Elizabeth Tallent, Adam Johnson und Tobias Wolff.

Ein ganz besonderer Dank geht an Laura Iodice, meine Englischlehrerin in der Highschool, die mir Bücher brachte, als ich im Krankenhaus war, und die ich sehr liebe. Und an Jackson Taylor, der mich lehrte und herausforderte. Jackson, ohne Ihre einzigartige und außergewöhnliche Großzügigkeit würde dieses Buch gar nicht existieren.

Connie Brothers, Charles Flowers und Sally Wofford-Girand berieten und inspirierten mich. Und dann sind da noch die Leser, Freunde und Heldinnen: Emma Borges-Scott, Ellie Catton, Angela Flournoy, Kyle McCarthy, Khaliah Williams, Frances Ya-Chu Cowhig, Jennifer De Leon, Kristy Zadrozny, Sara Romano, Marissa Beckett, Casey Romanick, Becky Rotelli, Mary Bates, Ian Gold, Suzy Bentley, Kristina Paiz, Arianna Martinez, Sara Taylor, Adjua Greaves, Karen Good, Joyce Fuller, Valentine Freeman, Adam Gardner, Wei Hwu, Steph Krause, Ade Hall, Sara Minardi, meine liebe Freundin Christina Wickens und die gesamte Familie Dellios, allen voran die unersetzliche Olivia Dellios.

Sasha Rodriguez, Schwester, danke.

Jaime Shearn Coan, danke dafür, dass du solch ein inspirierender Schriftsteller und ein so unglaublicher Freund bist.

Und Ayana Mathis, danke dafür, dass du jede Fassung, jeden wilden Auswuchs gelesen und mich und das Buch geduldig und voller Liebe zu dessen Realisierung geführt hast.

Zu guter Letzt und vor allem Graham Plumb. Ich liebe dich.

Textnachweis

Das Platon-Zitat, das dem Roman vorsteht, wurde folgender Ausgabe entnommen: Platon, Nomoi 808 d–e. In: *Sämtliche Werke,* Deutsch von Hieronymus Müller, Reinbek: Rowohlt, 1957–59, 2004.

Jaroslav Rudiš
Die Stille in Prag

240 Seiten, Broschur
btb 74698

Ein Techno des Herzens – cool und elegant

Jeder Aufbruch hat einmal ein Ende. Die Revolution, die Anfang der 90er Jahre das Leben in Prag zu einer einzigen großen Party machte, ist längst vorbei. Jetzt ist Spätsommer, das Licht ist bereits schwach und träge geworden. Doch bevor sich der Sommer endgültig dem Ende zuneigt, wird für fünf Menschen nichts mehr so sein, wie es vorher war …

»Endlich wieder einmal ein Prag-Roman, und zwar ein guter.«
Christoph Bartmann, Süddeutsche Zeitung